혼자일 때도
괜찮은 사람

혼자일 때도
괜찮은 사람

권미선 에세이

허밍버드
Hummingbird

/

Prologue

나는 걸음마가 서툰 아이처럼 자주 삶에 걸려 넘어졌다.
희망은 얄팍한 과자 같아서 너무 쉽게 부서졌다.
마음은 차갑고 날카로운 옷핀에 자꾸만 찔렸다.

아름다운 순간은 너무 짧게 간혹 오고
나는 그걸 느낄 때만 살고 싶었다.

왜 내가 하는 일은 잘되지 않을까.
왜 좋은 것들은 나를 비껴 갈까.
왜 나는 이렇게 마음이 고단할까.

할 수만 있다면 나의 생을 새로 만들어 주고 싶었다.
반짝이는 포장지에 화려한 리본을 묶어서.

이 책을 쓸 때
나는 인생의 춥고 긴 겨울을 지나고 있었다.

하고 싶은 일은 없었고
의미가 있는 것은 아무것도 없었다.
마음은 얼음처럼 차갑고 딱딱해져 갔다.

아무것도 위안이 되지 않던 그때
'너는 괜찮아질 거야' 가만히 말을 건네준 건
힘든 시간을 견디던 그 어느 때의 나였다.

매일 밤 울면서 잠이 들던 내가
가진 것 하나 없이 초라하던 내가
쉽게 상처받고 늘 불안하던 내가
어둠을 헤매는 지금의 나에게 손을 내밀어 주었다.

나는 그 손을 잡고 오래전의 나를 만나고
이제는 내 곁을 떠난 그리운 사람들을 만났다.

다시는 돌아갈 수 없는 시간과 장소로 가서
잊고 싶지 않은 추억을 만나고
아직 남아 있는 상처와 슬픔을 만나기도 했다.

그 이야기들을 글로 쓰면서
나는 그때의 나와 지금의 나에게 자주 묻곤 했다.

나는 어떤 사람이고 싶은가.
어떤 사람이 되고 싶지 않은가.

내가 할 수 있는 것과 할 수 없는 것은 무엇이고
내가 바꿀 수 있는 것과 바꿀 수 없는 것은 무엇인가.

정말로 소중한 것은 무엇이고
가치가 있는 것은 무엇인가.

그 질문들에 대한 답을 찾아가면서
어느 땐 울고 어느 땐 그리워했다.
어떤 건 지우고 어떤 건 화해를 했다.

그렇게 나는 조금씩 괜찮아졌다.

원고를 다 넘길 무렵에는 봄이 시작되고 있었다.
'어쩌면 좋아질지도 몰라' 그런 생각이 들었다.

살면서 우리가 아무리 애를 써도
어떤 꿈은 끝까지 이뤄지지 않을 것이다.

어떤 일은 영원히 좋아지지 않을 것이다.
어떤 상처는 끝내 나를 울게 할 것이다.

그때마다 나는 그 어느 때의 나를 떠올릴 것이다.
'너는 괜찮아질 거야' 말해 주던 나를.
'너는 잘하고 있어' 위로해 주던 나를.

내가 나에게 준 힘으로 한 걸음 가 볼 것이다.
괜찮은 사람이 되어 볼 것이다.

Contents

Prologue

Part 1. 행복하지 않으면 큰일이라도 난 것처럼

Part 2. 위로받지 못한 마음

Part 3. 엔딩은 도무지 알 수가 없지

행복하지 않으면 큰일이라도 난 것처럼

/

우리에겐 무엇이 있어
우리가 어둠이 되지 않게 할까

좋아하는 영국 드라마 〈인데버(Endeavour)〉.

끔찍하고 잔혹한 범죄를 보고 괴로워하는 신입 형사 모스에게

선배 써스데이는 이런 조언을 해 준다.

"지킬 가치가 있는 것들을 찾아. 음악도 좋다고 생각해.

집에 가서 가장 좋아하는 음반을 크게 틀어 두고,

모든 음을 들을 때마다 기억해.

세상 그 어떤 어둠도 이것만큼은 빼앗아 갈 수 없다는 걸."

나는 이 장면을 수없이 돌려 보고 보는 내내 울고 말았는데,

그건 그때 내가 어떤 어둠 속에서

허우적거리고 있었기 때문일 것이다.

음악을 사랑하는 모스에겐
세상의 어둠에서 자신을 지키는 방법,
어둠에 물들지 않고
자신이 어둠이 되지 않는 방법은 음악이었다.

우리에겐 무엇이 있어 우리가 어둠이 되지 않게 할까.

살면서 우린 너무 쉽게 상처받고
매번 어둠을 끌고 집에 돌아오는데.
노력은 아무렇지 않게 우릴 배신하고
삶은 툭하면 발에 걸려 넘어지게 하는데.

불합리하고 말이 안 되는 일들.
내키는 대로 상처를 주고 돌아서는 무례한 사람들.

자주 쓸모없는 기분이 들게 하고
비교하게 하고 좌절하게 하고
결국은 울게 하는데.

낡은 신발 같은 하루.
무겁고 추레하고 안쓰러운 하루를 끝내고 돌아올 때,
우리는 어둠을 데려온다.

어깨에 묻혀 온 눈송이처럼 어둠은 집 안으로 따라 들어와
옷장에, 침대에, 바닥에 팔랑팔랑 떨어져 내린다.
방은 어둠으로 물들고 우리는 어둠이 된다.

내 안에 들어온 어둠은
무슨 일이 있냐고 묻는 말에 "아무것도 아니야"
절대 아무것도 아닌 게 아닌 목소리로 말하게 해서
사랑하는 사람을 걱정하게 하고,
자꾸만 날카롭고 짜증 섞인 말투가 튀어나오게 해서
사랑하는 사람을 울게 한다.

상처 준 사람은 밖에 있는데
왜 나는 그 상처를 끌고 들어와서 내게 상처를 주고
다시 내가 사랑하는 사람에게 상처를 주는가.

나는 집으로 돌아온다.
현관문 밖에서 발을 세게 구른다. 툭툭 털어 낸다.
눈을 감는다. 지워 버린다.

어둠을 집 안으로 데려가지 않을 것이다.
방에 들어오지 못하게 할 것이다.
내 나머지 하루마저 가져가게 두지 않을 것이다.

밖에서 어떤 하루를 보냈던 바깥은 바깥의 세상에 두고
나는 이 안에서 좋아하는 것을 떠올릴 것이다.

내게서 빼앗아 갈 수 없는 것을.
내가 어둠이 되지 않게 하는 것을.

마음이
가난해질 때

내 작은 공간에서 음악을 듣거나 책을 읽고 있을 때,
나는 가진 것이 그리 많지 않아도 괜찮다.

나의 방은 내 삶으로 채워져 있고
나는 내게 없는 것들을 보지 않는다.
그래서 불행하지 않고 내가 미워지지 않는다.

하지만 세상의 창을 열고 그 안을 들여다볼 때,
텔레비전이나 인터넷에서 본 타인의 화려한 삶들이
초대받지 않은 손님처럼 내 방으로 불쑥 밀고 들어올 때,
나는 괜찮지 않다.

나는 내가 갖지 못한 것들을 세어 보고

내가 이루지 못한 것들의 목록을 작성하기 시작한다.
불행은 나의 질투와 낙담과 한숨을 먹고 무럭무럭 자라서
어느새 방을 가득 채운다.
이제 내 방은 추레해지고 내 삶은 하찮아진다.

아낀다는 말은
궁상맞다와 구질구질하다는 말 어디쯤으로 파묻히고 만다.

평범하다는 말은 더 열심히 노력하지 않았다는 말.
이 정도면 괜찮다는 자기 위안의 말.
그러나 결국 아무것도 아니라는 말처럼 들려온다.

어제까지만 해도 괜찮았던 나의 삶은
오래 앓고 난 사람처럼 수척해진다.
마음은 구겨지고 한없이 가난해진다.

내가 타인의 삶을 부러워할 때 나는 가난해진다.
내가 갖지 못한 것들을 질투할 때 나는 가난해진다.
내 삶이 별로여서 가난해지고 내가 싫어져서 가난해지고
그렇게 자꾸 나는 가난해진다.

마음이 가난해진 나는 나를 자꾸만 괴롭히다가 생각해 본다.
내가 할 수 있는 일과 할 수 없는 일을.

내가 바꿀 수 있는 것과 바꿀 수 없는 일을.
내가 하고 싶은 일과 하고 싶지 않은 일을.

나는 지금 무언가를 갖기 위해서
하고 싶지 않은 일을 하고 싶지는 않다.
나 아닌 사람으로 살고 싶지는 않다.
나에게 미안할 일은 하고 싶지 않다.
이제 나는 열려 있는 인터넷 창들을 모두 닫아 버린다.

나는 다른 사람이 될 수 없고 되고 싶지도 않다.
부족한 게 많아도 나는 그냥 나인 채로 살고 싶다.

내가 나를
할퀼 때

너의 말이 나를 할퀴었을 때
나는 '괜찮다' 잊어버리지 못하고
'다 지나갈 거야' 위로하지도 못하고
네가 한 말이 풍선껌이라도 되는 것처럼
씹고 또 씹고 턱이 아프도록 씹어 보면서
네가 나를 할퀸 것보다 더 많이 나를 할퀴었다.

네가 할퀴어 생긴 상처는 흠칫 놀라
내가 나를 할퀸 상처에 자리를 비켜 주었다.
내가 나에게 준 상처는
더 넓고 깊고 집요해서 쉽게 낫질 않았다.

나의 생은 너무 자주 체했고 나는 그런 생이 자주 아팠다.

세상은 내 편이 아닌 날들이 많았고
믿었던 사람들은 쉽게 등을 보였다.
하고 싶은 일들은 잘되지 않았고
하고 싶지 않은 일들은 너무 많이 해야 했다.

우산살이 부러진 우산처럼
한 짝만 남은 슬리퍼처럼
아무도 빌려 가지 않는 도서관의 인기 없는 책처럼
반송되어 돌아온 편지처럼
내가 쓸모없이 느껴질 때
내 마음은 버려진 종이같이 구깃구깃해졌다.

나는 나에게 너무 자주 버림받았고
아주 가끔씩만 사랑받았다.
나는 나를 안아 주지 못했고 손을 잡아 주지 못했다.
나는 내가 나일 수밖에 없어서 내가 싫어졌다.

나는 나를 너무 자주 할퀴었다.
나는 나를 너무 오래 미워했다.
그렇게 나는 나를 조금씩 죽였다.

네가 나를 할퀴어도 내가 나를 할퀴지 않게 될 때,
너를 미워하지 않고

나를 더 많이 미워하는 걸 그만두게 될 때,
내가 나에게 마음을 내어 주고
같이 가자며 한 발 옮겨 자리를 만들어 줄 때,
생은 견딜 만해지고 나는 내가 괜찮아질 것이다.

/

혼자일 때도
괜찮은 사람

사람이 그림자처럼 가벼워질 수 있다는 걸
나는 그때 처음 알았다.
사람이 그렇게 오랫동안 울 수 있다는 것도,
눈물과 함께 감정들이 스르륵 빠져나가서
마음이 텅 비어 버릴 수 있다는 것도 그때 처음 알았다.

사람들이 요즘 어떻게 지내고 있냐고 조심스럽게 물으면
나는 괜찮다고, 잘 지낸다고, 점점 좋아지고 있다고 말했다.
하지만 나의 오랜 친구들은
내가 등 뒤로 감춘 거짓말을 금방 알아보았다.

그녀들의 눈에 나는
옥상 난간을 아슬아슬하게 걷고 있는 아이였고

실수였든 아니면 일부러였든
언제든 아래로 떨어질 것처럼 보였던 것 같다.
그래서 그녀들은 내게 묻지도 않고
주말마다 먼 길을 달려왔다.

나는 내 공간의 공기를 흐트러뜨리는 것이 싫었다.
나는 섬처럼 고독해야 했다.
웃고 싶지 않았고 따뜻해지고 싶지 않았다.
위로받고 싶지 않았고 고마워하고 싶지 않았다.

그러나 그녀들은 내게 와서
내게 아무 일도 없었던 것처럼 요리를 하고 농담을 한다.
TV를 보고 소리 내어 웃는다.
같이 보러 갈 영화를 고른다.
나는 그 모든 것들이
너무 뻔한 위로처럼 보여서 마음이 불편해진다.

날카롭고 예민하게 구는 나를 그녀들은 참아 주고
다음 주, 그다음 주에도 찾아온다.
온다고 연락하지도 않고 불쑥,
먹을거리를 잔뜩 사 들고 요란스럽게.
나는 그녀들에게 조금씩 익숙해지고
어느새, 그녀들이 있을 때만 괜찮아진다.

하지만 함께인 것에 길들여지면서
나는 그녀들이 떠나는 것이 점점 견디기 힘들어진다.
"그만 가야겠어" 이 말이 나올까 봐 불안해지고
결국 그 말이 나오는 순간 상처를 입는다.
그녀들을 바래다주면서
나는 버스 정류장까지 아주 느리게 걷는다.
"그냥 자고 갈까?" 이 말이 나오길 기다리면서.
하지만 그녀들은 떠나고 나는 남는다.
그녀들이 떠난 방은
깊은 우물처럼 고요하고 어둡고 쓸쓸하다.
나는 텅 빈 방 안에서 자꾸만 가라앉는다.

이제 나는 그녀들을 너무 많이 기다린다.
기다리다 오지 않으면 서운해지고
서운한 마음이 점점 커져서 버림받았다는 생각을 한다.

나는 아무도 번호를 모르는
전화기를 갖고 있는 기분이 된다.
전화가 올 리 없지만
누군가 전화를 걸어오지 않을까 마냥 기다리는 사람처럼
그녀들을 오래 기다리다가
더 이상 오지 않았으면 좋겠다고 생각한다.

혼자였을 때는 견딜 만하던 고독이

그녀들이 다녀가고 나면 감당할 수 없을 만큼 커져 버린다.

점점 커진 고독이 나를 먹어 치우고 나는 사라져 버린다.

나는 나를 잃어버리고 싶지 않다.

너무 많이 기대고 싶지 않다.

나는 그녀들의 손을 놓고 혼자 걸어가 보기로 한다.

힘들 때 누군가 옆에 있다는 건 고마운 일이다.

위로가 되고 힘이 된다. 하지만 거기까지다.

온전히 혼자서 견뎌야 하는 시간들은 남는다.

혼자인 법을 알지 못하면

기대고 바라고 매달리고 실망하고 미워하고

다시 기대게 된다.

너무 울어서 속이 빈 매미껍질처럼

조금씩 나를 잃어버리고 마음이 텅 비어 버린다.

나는 기다리지 않기로 한다.

혼자일 때도 괜찮은 사람이 되기로 한다.

행복하지 않으면
큰일이라도 난 것처럼

"행복하니?"

대학교 1학년 때였을 것이다.
겨울이었고 어두운 밤이었다.
친구는 기분 좋게 취한 얼굴이었다.
눈은 반짝였고 코는 빨갰다.
손에는 생크림 케이크가 들려 있었다.
내 생일 즈음이었다.

"나는 행복해. 너랑 이렇게 걸으니까 참 좋아.
너는 행복하니?"

그런 질문은 처음 들어 보는 거였다.

그동안 누구도 나에게 행복하냐고 물어본 적이 없었고,
나도 '행복한가?' 생각해 본 적이 없었다.

물론 그때만 해도 행복이란 단어가
골목마다 들어선 편의점처럼 흔하지는 않았다.
특히나 나에겐 국어 교과서에서
시를 해석할 때나 만나는 단어였고
박물관에 전시돼서 '눈으로만 보시오' 하는
전시물 같은 것이었다.

그때 난 아니라고 했던가. 모른다고 했던가.
그냥 춥다며 친구의 손을 잡아끌었던가.

나는 늘 내가 몇 가지 유전자가 부족한 채
태어났다고 생각하는데
그중 하나가 행복 유전자였다.

살면서 지금까지 호들갑스럽게
"아, 행복해" 소리 내어 말해 본 적이 없다.
물론 그 느낌이 어떤 건지는 안다.
어쩌면 단어의 문제일지도 모르겠다.
나와는 거리가 먼 단어.
어색하고 간지럽고 미끌미끌한 느낌.

행복이라는 말이 유행하던 때가 있었다.
행복하지 않으면 큰일이라도 난 것처럼
우울증에라도 걸린 사람처럼 호들갑을 떨었다.

행복해서 나쁠 건 없다.
하지만 행복을 강요하는 분위기는 불편하다.

SNS 속에서, 블로그 속에서 사람들은 행복해 보인다.
보여지는 행복.
그런 행복이라면, 그런 게 행복이라면 나는 행복하지 않다.

왜 꼭 행복해야 하는데?
그냥 덤덤하면 왜 안 되는데?

어느 날은 좋고 어느 날은 나쁘다.
어느 날은 엉망이고 어느 날은 참을 만하다.
어느 날은 웃고 어느 날은 운다.
어느 날은 별로고 어느 날은 괜찮다.

그냥 그렇게 산다.

당신의 아픔이
나의 아픔이 될 때

살다 보면 '어떻게 나한테 이런 일이 일어나지?'
묻고 싶은 일들이 생긴다.

내가 뭘 어쨌다고.
나는 그냥 내 자리에서 조용히 내 삶을 살았을 뿐인데.

억울한 마음에 자꾸만 세상을 노려보던 때가 있었다.
잘못 배송된 소포처럼 이 불행은 내 것이 아니라고,
나는 이런 걸 받아야 할 이유가 없다고
소리 높여 이야기하던 때가 있었다.

하지만 시간이 지나고 나니 알겠다.
무작위로 불행을 안겨 주는 게 세상의 고약한 취미란 걸.

우리 중 누구에게도 그 차례가 올 수 있으니
'나에겐 절대 일어나지 않을 거야' 하는 일은 없다.
세상 모든 일은 나에게도 일어날 수 있다.

누구나 한순간에 발을 잘못 디뎌서
인생의 싱크홀로 곤두박질칠 수 있다.
지옥문은 언제든지 열릴 수 있다.
착하고 바르게 최선을 다해서 열심히 살아도
그런 일은 얼마든지 생길 수 있다.

한때는 이해하지 못했던 많은 일들을
굳이 노력하지 않아도 공감하게 되는 때가 온다.
결코 내 일이 아니라고 생각했던 일들이
모두 나의 일처럼 여겨지는 때가 온다.
그건 우리가 많은 것들을 겪으며 지나왔기 때문이다.

우리는 소중한 것들을 잃어버리며 산다.
사랑하는 사람을 떠나보내며 산다.
실패하고 절망하고 배신당하고 버림받으며 산다.
오해받고 상처받고 괴로움에 잠 못 이루며 산다.

그런 시간들을 지나온 사람들은
누군가의 상실과 아픔과 상처를

머리가 아니라 마음으로 이해한다.

당신의 아픔이 나의 아픔이 될 때,
당신의 상처를 못 본 척 지나가지 못하고
당신에게 괜찮냐고 자꾸만 묻고 싶어지고
당신의 등을 가만히 두드려 주고 싶어지고.

나는 괜찮았지만
괜찮지 않았다

일을 그만두고 돌아오던 날,
나는 잃어 가고 사라지는 것에 익숙한 사람의 태연함으로
내게 속삭여 주었다. 괜찮아.

하던 일을 더 이상 못하게 될 거라는 건
몇 주 전부터 예상하고 있었다.
속삭임들. 눈빛들. 발걸음들.
나는 내 주위에 떠다니는 불운의 말들을 금세 알아차렸다.

일을 하다 보면 수없이 겪게 되는 것이지만
기르던 고양이의 죽음처럼
불쑥 던져진 이별의 말처럼
언제나 떨게 되는 겨울의 추위처럼

여러 번 겪는다고 해서
상처가 조금 덜해지거나 견딜 만해지는 것은 아니다.

하지만 언제나 마지막을 생각하는 사람의 익숙함으로
나는 괜찮다고 말한다.
이번만큼은 우울의 문을 열지 않을 것이고
나를 그 어둡고 막막한 방 안으로 밀어 넣지 않을 것이다.

나는 집에 돌아와서
새처럼 먹고 고양이처럼 웅크리고 오래 잤다.
설탕 같은 잠에 취해서는 '거 봐, 괜찮잖아'라고 생각했다.

하지만 사실은 괜찮지 않았던 것 같다.
잠에서 깨어 보니 알 수 없는 두드러기들이
억울한 시위대처럼 얼굴과 목을 가득 뒤덮고 있었다.
몸은 내가 괜찮지 않음을 보여 주고 있었다.

나는 마음을 속였지만 몸은 속이지 못했다.
몸은 마음의 거짓말을 믿지 않았다.

너는 조금도 괜찮지 않아.
괜찮지 않을 땐 괜찮지 않다고 말해.

몸은 말했지만 나는 겁이 났다.
내가 괜찮지 않다는 걸 알아차리는 순간,
내 말이 거짓말이라는 걸 알게 되는 순간,
나는 끝내 우울의 문을 열 것이고
좁고 깊고 갑갑하고 어두운 그곳으로 걸어 들어갈 것이다.

나는 이미 그곳에 너무 자주 갔다.
나는 서둘러 문을 닫았다.

내가 나에게 괜찮다고 말해 주지 않으면
누가 나에게 괜찮다고 말해 줄까.
그래서 나는 괜찮지 않은 얼굴로 말한다.
퉁퉁 부어오른 얼굴로 고집스럽게 말한다.

괜찮아.
너는 괜찮아.
정말로 괜찮아.

어둠을
걷고 있던 시절

어둠을 걷고 있던 시절이 있었다.

나는 선인장처럼 뾰족해서는 다가오는 사람들에게 상처를 줬다.
마음에 서걱서걱 모래바람이 불어서 입안이 늘 까끌까끌했다.
길을 가다가 문득 멈춰 멍하니 서 있곤 했다.
옷을 두껍게 입어도 늘 추웠다.

나는 내가 입은 상처만 들여다보느라
아픈 사람에게 다정하게 위로를 건네는 법을 몰랐다.
말들이 늘 날카롭게 들려와서 더 날카롭게 받아치곤 했다.

내게 온 사랑을 밀어내느라 바빴고
너는 너 나는 나, 반듯하게 선을 긋곤 했다.

너무 적게 웃었으며 너무 많이 심각했다.

낮에도 밤이 내린 한겨울의 핀란드 마을처럼 깜깜한 하루.
어제가 오늘이고 오늘이 내일인 하루.
길고 긴 하루는 도무지 끝날 생각을 하지 않았다.

나는 아무리 애써도 되지 않는 일에 애를 쓰고 있었다.
아무리 노력해도 되지 않는 일에 마음을 졸이고 있었다.

어둠을 걷고 있던 나는 어둠이 되었다.

그때는 알 수가 없었다.
밤이 끝나면 아침이 온다는 걸.
겨울이 끝나면 봄이 찾아온다는 걸.
어둠을 걷고 있을 땐 보이지 않는다.

아무리 해 봐도 되지 않는 일들이 있다.
내 힘으로는 어쩔 수 없는 일들이 있다.
온 우주가 나서서 도와준다고 해도
이뤄지지 않는 일들이 있다.

발뒤꿈치를 세우고 팔을 뻗어도 손 닿지 않는 곳의 일들.
내 영역 밖의 일들.

할 수 없는 일을 할 수는 없다.

너무 애쓰지 말아. 너무 노력하지 말아.
아무것도 하지 않아도 좋아.
겨울잠을 자는 것처럼 오래 자고 일어나렴.
그럼, 봄이 네 곁에 와 있을지 몰라.

모든 것이 다
사라진 것은 아니다

그해 여름, 나는 프랑스 시골 마을의 도롯가에 서 있었다.
내 키의 절반쯤 되는 배낭을 메고
엄지손가락을 치켜세우고는
나를 위해 차를 세워 줄 누군가를 기다렸다.

하지만 차들은 모두 그냥 지나쳐 갔다.
속도를 줄이지도 않고 창문을 열지도 않고
경적을 울리지도 않았다.
거기에는 내가 없다는 듯이
커다란 배낭 같은 건 보이지도 않는다는 듯이
뽀얗게 먼지를 일으키며 멀어져 갔다.

버스는 끊긴 지 오래였고

어떻게 택시를 불러야 할지도 몰랐다.
택시를 부른다고 해도 돈이 없었다.

내가 할 수 있는 일은 그저 서서 기다리는 것뿐이었다.
편한 것이 죄가 되는 순례자처럼
어깨를 짓누르는 배낭을 내려놓지도 않고서.

날은 조금씩 어두워지고 있었다. 하지만 걱정은 되지 않았다.
누구든 차를 세워 주겠지, 한가하게 생각하고 있었다.
사실 아무래도 상관이 없었다.
그 시절의 나는 그랬다. 아무래도 상관없다고.

살다 보면 그런 때가 있다.
작은 일에도 예민해지고 신경 쓰고
걱정하고 전전긍긍 살다가
어느 순간 다 소용이 없어지는 때.
될 대로 되라지, 중얼거리게 되는 때.

인생에서 소중한 것을 잃어버리고
다시는 그것을 찾을 수 없다는 걸 알게 될 때
얼마쯤은 그렇게 자포자기의 심정이 된다.

배낭을 고쳐 메느라 잠시 휘청거릴 때 차가 한 대 멈춰 섰다.

한 아주머니가 창문을 내리더니 얼른 타라고 했다.
나는 그녀가 내게 목적지를 물어보지도 않았다는 걸
차에 타고서야 알았다.

나를 태워 준 그녀가 말했다.
내가 서 있던 곳은 사고가 많이 나는 곳이라고.
거기선 아무도 차를 세우지 않는다고.
그런 데서 혼자 히치하이킹을 하던 나를 걱정하며 나무랐고
목적지가 어디든 데려다주겠다고 했다.

그게 내가 살면서 처음 해 본 히치하이킹이었다.
그날 아주머니의 이야기에도 난 두렵거나 겁이 나지 않았다.
손가락 사이로 스르르 빠져나가는 모래알처럼
모든 건 사라질 뿐이니까. 아무 의미가 없으니까.

그해 여름의 여행에서 나는 몇 번의 히치하이킹을 더 했다.
해가 지던 무렵일 때도 있었고,
주변에 사람이 하나도 없을 때도 있었고,
차들이 미친 듯이 질주하는 도로일 때도 있었다.
그 여행이 위험했을 수도 있다는 생각이 든 건
꽤 오랜 시간이 지나고 나서였다.

오래전 엄지손가락을 들고

지나가는 차들을 무심히 바라보던 내가 있다.
아무래도 상관없고 아무것도 의미 없다는 표정의 내가 있다.
그 시절의 나를 만난다면 가만히 이야기해 주고 싶다.

예전과 같을 순 없겠지만 괜찮아질 거라고.
오래 걸리겠지만 그래도 좋아질 거라고.
너는 다시 소리 내어 웃기도 할 거라고.
좋아하는 책을 읽고 음악도 들을 수 있을 거라고.
모든 것이 다 사라진 것은 아니라고.

나의 결핍을
이해하는 사람

당신은 웃어야 웃을 일도 생긴다고 믿는 사람이고
나는 그런 캠페인 같은 말이 싫은 사람이고.
당신은 누구에게나 상냥하게 인사하는 사람이고
나는 무뚝뚝하게 지나치는 사람이고.
당신은 여리고 부드러운 사람이고
나는 뾰족하고 날카로운 사람이고.
당신은 "사랑해", "고마워", "미안해"라고
자주 말하는 사람이고
나는 그런 말들에 인색한 사람이고.

그래서 내가 그런 당신에게
"나는 태어나지 않았으면 좋았을걸" 하고 말했을 때
나는 당신이 또 울 줄 알았다.

나는 지치고 화나고 절망해 있다는 이유만으로
그런 말을 툭 내뱉었다.

그런데 당신은 그 큰 눈으로 울지도 않고
상처 입은 얼굴이 되지도 않고
"그러게. 엄마가 많이 미안하네" 했다.

그 말을 듣고 울어 버린 건 나였다.

어렵던 어린 시절에도 나는 가난을 몰랐다.
갖고 싶은 것들은 가져 본 적이 없고
하고 싶은 일들도 소리 내어 말해 본 적이 없지만
나는 비참하지 않았다.

시간이 지나면 갖고 싶은 것들을 갖게 되고
하고 싶은 것들을 하게 되리라고 믿었다.
나는 기꺼이 많은 것들을 미뤄 두었고
오래 줄을 서서 기다렸다.

하지만 내가 간절히 원하는 것들은
언제나 너무 늦게 도착했고 왔다가 금방 사라졌으며
어떤 것들은 오지 않았고 끝내는 오지 않을 것이다.

내가 기대한 생은 대체 어디에 있는 걸까.

생은 내게 약속한 것이 아무것도 없는데

나는 나를 배신하고 돌아선 사람처럼 생을 흘겨보았다.

그날 내 마음이 고단하다는 이유로

해서는 안 되는 말을 내뱉어 놓고 나는 오래도록 입이 썼다.

"미안해. 허락도 받지 않고 널 낳아서. 엄마가 정말 미안해."

저 밝은 사람이 나의 우울을 이해한다는 것이 슬펐다.

나의 결핍을 이해한다는 것이 슬펐다.

그 모든 것들을 숨기지 못하고 고스란히 내보인 내가 슬펐다.

/

부드러운
림보

무대 중앙에는 막대가 가로놓여 있었다.

어디선가 음악이 흘러나오자

사람들은 춤을 추면서 하나둘 가로대를 지나기 시작했다.

'저걸 통과해야 하는 건가.'

나는 심호흡을 하고 고개를 뒤로 젖혔다.

그러고는 천천히 가로대를 지나가기 시작했다.

하지만 어깨가 막대를 건드렸고

툭 튕겨져 나간 막대는

요란한 소리를 내며 바닥으로 떨어졌다.

어쩔 줄 몰라 하는 내게 누군가 말했다.

"림보는 부드럽지 않으면 통과할 수 없어."

나는 뭐라고 말하고 싶었지만 소리가 나오지 않았다.
그러곤 잠에서 깼다.

나는 유연성이라곤 없는 사람. 나무젓가락처럼 뻣뻣하다.
하지만 이건 몸의 문제가 아닐 것이다.
이제 나는 앞구르기와 뒤구르기를 하면서
체조 시험을 준비하는 중학생이 아니니까.

스트레스 때문이겠지.

잔잔한 일상은 오래가지 않았다.
늘 그렇듯이 누군가 툭 돌멩이를 던졌다.

하지만 사람들은
이해가 되지 않는 일, 불합리한 일, 화가 나는 일 앞에서
그저 입을 꾹 다물고 있었다.
말해 봐야 소용없다는 걸,
결국 본인만 상처를 받게 된다는 걸 알기 때문이었다.
부딪치다 부딪치다 이제는 지쳐 버린 사람들은
내 일이 아니니까, 하고 외면하는 걸 택했다.

나도 안다. 다 안다.
그래도 말이라도 해 보고 싶었다.

말도 안 하고 가만있으면 자기들이 잘하는 줄 알잖아.
그래도 된다고 생각하잖아. 그럼 영영 바뀔 수가 없잖아.

하지만 나는 결국 이런 충고를 듣고 말았다.
"그런다고 달라지는 것도 없는데
그냥 적당히 좀 하고 살자. 좋은 게 좋은 거잖아."

부드럽지 않으면 통과할 수 없다고 말하는
꿈속의 목소리처럼 나를 혼내고 있었다.

적당히 하는 게 부드러운 건가.
상대방이 듣기 좋은 소리만 하는 게 부드러운 건가.
안 되는 걸 된다고 말하는 게 부드러운 건가.
그냥 입 다물고 있는 게 부드러운 건가.

"제가 아직도 사회성이 부족해서 그래요."
나는 그렇게 말하고 말았다.

사람들이 림보를 하고 있었다.
다들 막대를 통과해서 다음 단계로 가는데 나만 혼자 남았다.
누군가 내게 속삭였다.
"림보는 부드러워야 통과할 수 있어."

나는 부드럽지 않다.
내가 나 아닌 사람이 되어서 저걸 꼭 통과해야 하나.
그럼 그 뒤엔 무엇이 있나.

나는 사람들이 다 떠난 뒤에도
오래도록 혼자 림보 막대 앞에 서 있었다.

봄을 듣는
시간

라디오에서 흘러나오던 건 '봄'이었다. 비발디 〈사계〉의 봄.
내가 한 번도 들어 본 적이 없는 연주의 봄이었다.

나는 사계 중에서 '여름'과 '겨울'을 좋아했다.
수없이 반복해서 들을 정도였는데
이상하게 봄은 언제나 별로였다.
연주자가 누구든 상관없이 건너뛰곤 했었다.

그런데 그 밤, 라디오에서 흘러나오던 봄은 달랐다.
나는 침대에서 일어나 앉아 볼륨을 높였다.
음 하나하나를 놓칠세라 숨을 죽이고 귀를 기울였다.
작은 방에 따뜻한 봄이 조금씩 스며드는 기분이었다.

몹시도 추웠던 그 겨울, 나는 하루 종일 잠만 잤다.
낮에도 커튼을 어둡게 내리고 있었다.

밤은 매일 너무 빨리 찾아왔고 그 밤마다 나는 생각했다.
'아침 같은 건 오지 않으면 좋을 텐데.
내일이 없으면 좋을 텐데.'

하고 싶은 일은 하나도 없었다.
하지 못해 아쉬운 일 같은 건 아무것도 없었다.
그런데 그 밤, 음악이 끝나 가는 게 아쉬웠다.

누가 연주한 사계인지 궁금했지만
내가 듣고 있던 것은 독일 지방 방송사의 라디오였다.
독일어는 내가 전혀 모르는 언어라서
일부러 그걸 틀어 놓고 있었다.
알아들을 수 없는 말은
아무 의미 없는 웅얼거림에 지나지 않는다.
그때 나에겐 가끔 적막을 깨 줄 소리가 필요했을 뿐
세상 소식이 궁금하지 않았고
세상과의 연결도 필요하지 않았기 때문이다.

음악이 끝나고 빠르게 말들이 이어졌다.
그 말들 속에서 내 귀에 들린 건 '막스 리히터'.

잊어버리지 않으려고
"막스 리히터, 막스 리히터" 중얼거렸다.

여러 번의 검색 끝에
그의 이름으로 나온 사계 음반을 발견했다.

나는 보물찾기에 성공한 아이처럼 기분이 좋아져서는
'CD를 주문해야지. 처음부터 끝까지 찬찬히 들어 봐야지.
얼른 아침이 왔으면 좋겠네' 생각했다.
아침이 기다려진 것도
뭔가를 하고 싶다고 생각한 것도 오랜만이었다.

길고 긴 겨울잠에서 깨어나려는 것처럼
나는 무언가 조금 달라졌다.

주문한 CD가 도착하자 나는 그걸 듣고 또 들었다.
차갑게 얼었던 마음이 조금씩 녹아내리는 기분이었고
이 음악을 들을 수 있어서 다행이라는 생각이 들었다.

세상에는 이 음악만큼이나 아름다운 것들이 많을 것이다.
아직은 더 많은 걸 듣고 더 많은 걸 보고 싶었다.

한 달 내내 내려져 있던 커튼을 걷고 창을 여니

밖에는 이른 봄이 와 있었다.

인생의 어느 겨울을 지날 때

내게 봄을 가져다준 것은 음악이었다.

그게 시작이었다.

음악을 듣고 산책을 하고 사람들과 연락을 하고 만나러 가고.

우리는 작은 일에도 쉽게 상처받고 좌절하지만

다친 마음에 위로가 되는 것도

힘겨운 시간을 견뎌 낼 힘을 얻는 것도

아주 작고 사소한 일에서 시작된다.

나는 여전히 비발디의 여름과 겨울을 좋아하지만

막스 리히터의 봄은 건너뛰지 않고 듣는다.

막스 리히터 덕분에 봄이 좋아졌기 때문이다.

싫은 게 좋아지긴 어렵겠지만

조금 별로였던 게 좋아지는 일들이 더 많아지면 좋겠다.

/

나는 내가
일찍 죽을 줄 알았다

인생은 과묵하지. 스포일러를 싫어해.
좋은 일이든 나쁜 일이든 끝까지 입을 꾹 다물고 있지.

그래서 예상이라는 게 안 돼.
겉표지와 내용이 전혀 다른 책처럼
자꾸만 돌발 상황이 펼쳐지는 여행처럼
기대와는 다르게 흘러가고는 하지.

내 생각과는 달라도 너무 달라서
가끔은 내가 아닌 다른 사람의 생을 살고 있는
기분이 들 때가 있지.

오래전, 나는 내가 일찍 죽을 줄 알았다.
태어날 때부터 "이 아이는 얼마 못 살겠네" 했다니까.
게다가 내 몸에 흐르는 '인생 덧없다' 유전자 때문에
사는 게 시큰둥했으니까.

오래전, 나는 내가 지금 이 일을 하게 될 줄도 몰랐다.
내가 작가라는 이야기를 듣고 사촌 오빠가
그 아이는 왜 그렇게 고독한 일을 할까 걱정했다는데,
어린 시절의 나도 그랬다.

책 읽는 걸 좋아했지만
단 한 번도 작가가 되고 싶었던 적은 없다.
이런 걸 쓰려면 얼마나 힘들 거야.
나는 읽기만 할 거야. 재밌게.

나는 내가 다른 일을 할 줄 알았고
다른 모습으로 살 줄 알았다.
언제, 어떻게, 어떤 순간들이 슬금슬금
지금의 나를 만들어 버린 걸까.
그럼, 이제는 이게 나인 걸까.
아니면 다시 긴 시간이 흐른 뒤에
내가 이런 모습일 줄 몰랐는데, 놀라게 될까.

내게는 아직 좋은 것들이 남아 있을까.

아니면 아직도 최악의 순간들이 남아 있는 걸까.

내가 떨어진 곳이 바닥이 아니라 바닥의 시작인 걸까.

어쩌면 괜찮은 시간이 기다리고 있을지도 모르지.

앞으로의 생은 별거 있을지도 모르지만

별거 없을지도 모른다.

별거 없으면 어때.

어차피 예상대로 되는 것도 아닌데.

내가 어쩔 수 있는 문제도 아닌데.

우리는
다른 사람이니까

오래달리기를 하면 첫 번째 바퀴에서 지쳤다.
오래 매달리기를 하면 3초 만에 미끄러져 내려왔다.
윗몸 일으키기를 하면 몸을 일으키는 시간보다
매트에 누워서 하늘을 보는 시간이 더 많았다.

아무리 해 봐도 안 되는 일, 나에겐 운동이 그랬다.

세상엔 운동을 잘하는 사람이 있고 못하는 사람이 있다.
건강한 사람과 약한 사람이 있다.
키가 작은 사람과 큰 사람이 있다.
마른 사람과 살집이 있는 사람이 있다.
우리의 몸은 서로 다르고 차이가 있다.

마음도 그렇다.
몸의 차이만큼 마음의 차이란 게 있다.

마음의 근육이 단단한 사람이 있고 그렇지 않은 사람이 있다.
인생의 어느 길 위에서 넘어졌을 때
쉽게 툭툭 털고 일어나는 사람이 있고
주저앉아서 서럽게 우는 사람이 있다.
뭐든 다시 시작할 수 있는 사람이 있고
그게 안 되는 사람이 있다.
잘 잊고 금방 웃는 사람이 있고 오래오래 우는 사람이 있다.

그런데 사람들은 그 차이를 무시하고
마음 근육이 강한 사람을 가리키며 말한다.
"저 사람은 얼마나 대단하니?
인생은 저렇게 살아야 해. 너도 할 수 있어."

할 수 있고 없고를 단순히 노력의 문제로 생각하는 사람들.
하기 싫어서 안 하는 게 아니라
하고 싶어도 할 수가 없다는 걸 모르는 걸까?
아니면 모르는 척하고 싶은 걸까.
키가 작거나 크거나 한 몸의 차이처럼
내가 어쩔 수 없는 마음의 차이가 있다.

우울하면 커튼을 치는 나에게
오래오래 잠을 자는 나에게
잘 먹지 않고 잘 웃지 않는 나에게
사람들은 말한다.

"노력을 해. 웃어야 웃을 일도 생겨.
자꾸 밖으로 나가고 자꾸 사람들을 많이 만나 봐.
너는 왜 그렇게 못하니?"

당신은 아무것도 모른다.
당신은 내가 아니고 나는 당신이 아니다.
우리는 다르다.
낮과 밤만큼이나. 여름과 겨울만큼이나.

/
내 것이
아닌 것

들어 봐. 내가 아주 멋진 책을 구상했어.

길을 걷다가 그냥 갑자기 번뜩 떠오른 거야.

어떻게 이런 생각을 할 수가 있지?

이건 정말 대단한 책이 될 거야.

나는 얼른 스마트폰을 꺼내 들고 메모장을 열었어.

쏟아지는 생각들을 적어 넣으려는 바로 그 순간,

뒤에서 빵! 경적 소리가 들렸지.

깜짝 놀라 옆으로 비켜서서 자동차가 지나가길 기다렸어.

그러곤 잠시 후 다시 메모를 적으려는데

아무것도 생각이 나질 않아.

텅 빈 메모장을 들여다보면서

머리를 쥐어짜 내 봐도 없어. 아무것도.
생각이 날 듯 말 듯 머릿속이 간질간질할 뿐이야.

나는 안타까워서 발을 동동 굴렀지만
멋진 아이디어는 한 글자도 내게 돌아오지 않았어.
꿈속의 너처럼 그냥 사라져 버렸어.

아무것도 적지 못한 메모장을 보면서
나는 문득 그런 생각이 들었어.

내 것이라고 생각했던 것.
내게 잠시 왔다 간 그것은 내 것일까 아닐까.
사라져서는 돌아오지 않은 것.
내가 영영 잃어버린 그것은 내 것일까 아닐까.

나는 내 것이라고 생각했어.
그래서 잃어버린 그 순간 안타까워하고 발을 구르고
속이 상해 어쩔 줄을 몰라 했지.

그런데 정말로 그것은 내 것이었을까?
내 것이라고 생각한 많은 것들은 결국 내 것이 아니었어.
사랑도 일도 돈도 기회도 청춘도 좋았던 시간들도
손님처럼 잠시 머물다 간 것뿐이었어.

그런데도 나는 미련을 버리지 못하고
그것들이 사라진 곳을 자꾸만 보고 있지.
내 것이길 바라는 것들을 기웃거리면서 불행해하고
어쩌면 내 것이 될 수도 있었을 텐데, 하고 후회하지.

누군가 내게 와서 말했어.
"있잖아. 그 베스트셀러 말이야.
작가가 어느 날 길을 걷다가
그냥 아이디어가 갑자기 떠올라서 쓴 거래. 대단하지 않니?"

나와 전혀 상관없는 사람.
심지어 단 한순간도 내 것인 적이 없던 것인데도
나는 내 것을 빼앗긴 것처럼 왠지 억울한 마음이 들었어.
그는 가졌고 나는 갖지 못했다는 이유로 우울해졌지.

나는 살면서 놓쳐 버린 많은 것들, 내 것이 아닌 것들을
훔쳐보고 흘깃거리고 부러워하고 있어.
그렇게 나의 하루를 불행하게 만들고 있어.

/

나라는
사람

1.

너는 나의 예민함이 싫다고 했다.

자꾸 눈치를 보게 만든다고.

그 말은 내게 상처가 되었다.

나는 아무 말 없이 슬리퍼를 신고 나가서 오래도록 걸었다.

나는 네가 편했다.

그래서 있는 그대로의 나를 모두 보여 주었다.

하지만 편하다는 이유로 너는 상처를 받았고

너에게 상처를 줬다는 사실에 나는 마음이 무거워졌다.

반만 솔직해야지. 다 보여 주지는 말아야지.

여름 창가에서 흔들리는 하얀 레이스 커튼처럼

아무리 더워도 저 얇은 경계선 하나는 꼭 쳐 두어야지.

2.

또 다른 너는 나에게 좋은 사람이라고 했다.

나는 너를 좋아하지만
나를 다 보여 줄 만큼 편하지는 않다.
그래서 나는 신경을 쓴다.

나는 네게 좋은 사람이면 좋겠다고 생각하고
그 마음이 네게 좋은 사람이 되게 한다.

우린 서로 한 발자국 떨어져 있다. 예의 바르게.

3.

내 가장 가까운 사람들에게
나는 내가 좋을 때만 좋은 사람이다.

마음이 흐린 날에는 친절하지 않고 퉁명스럽다.

4.

한동안 만났던 너는 나에게 말한다.

"나는 너를 잘 모르겠어."

너무 조심했던 게 문제인 걸까.
우주의 끝처럼 너는 결코 나를 알지 못하겠지.

5.

모든 것이 나이기도 하고
모든 것이 나 아니기도 하다.

오래전, 나는 내가 마음에 들지 않아서
다른 사람이 되기로 했다.
하지만 다른 내가 되었다가 집에 돌아올 때면
어깨가 묵직했고 온몸이 뻐근했다.

배불리 밥을 먹고 온 날에도 속이 허전해서 자꾸 먹었다.
나는 뭔가를 잃어버린 느낌이었는데
그게 뭔지 알 수가 없었다.

나는 예전보다 친구가 많아졌고 약속이 늘어났지만

그것뿐이었다.

만남들은 쉽게 피곤해졌고 마음은 지쳐 갔다.

어느 저녁, 사람들과 헤어져서 휘적휘적 돌아오는 길.

한숨을 후후 내쉬다가 생각했다.

나는 왜 이렇게 애쓰고 있는 걸까.

마음은 텅 빈 우물처럼 허전하고

혼자 낮잠에서 깨어난 아이처럼 불안했다.

나는 조금씩 나를 잃어버리고 있었다.

'애쓰지 말아.'

내가 버렸던 내가 속삭였고

나는 예전의 나로 돌아가기로 했다.

그 시절의
나에게

그 집을 계약하게 된 건 분홍색 꽃무늬 띠벽지 때문이었다.
며칠째 집을 보러 다니느라 잔뜩 지쳐 있을 때였다.
사실 지쳤다기보다는 우울했다는 것이 더 맞는 말이다.
턱없이 부족한 예산에 맞춰 집을 보러 다니는 건
언제나 우울한 일이니까.

창이 커서 햇빛만 많이 들어와도 좋을 것 같은데
내 예산으로 살 수 있는 햇빛은 너무 작았다.

반쯤은 될 대로 되라는 심정이었을 때 그 집을 발견했다.
정확히는 전봇대에 붙은 전단지를 발견했다.
내가 원하던 동네와는 거리가 있었고
언덕도 꽤나 올라가야 했다.

교통편이 그리 편한 곳도 아니었다.
그런데 문을 열고 방에 들어간 순간,
다른 세상으로 들어가는 것처럼 설레었다.

모든 것이 새것이었고 밝고 깨끗했다.
넓은 창으로는 햇살이 가득 쏟아져 들어왔다.
왠지 여기선 모든 게 다 잘될 것 같은 기분이었다.

꿈이라든지 희망이라든지 그런 걸 많이 잃었던 때였지만
이 방에서라면 가능할 것 같았다.
분홍색 꽃무늬 띠벽지가 반짝이는 이 방에서라면.

하지만.
인생에는 언제나 그런 접속사가 등장한다.
하지만, 그러나, 그런데.

하고 싶은 일은 잘되지 않았다.
어디에서도 누구에게서도 연락이 오지 않았다.
나를 원하는 곳은 아무 데도 없었다.
부탁을 하고 기다리고. 메일을 보내고 기다리고.
전화를 하고 기다리고. 찾아가서 만나고 기다리고.
기다리고 또 기다리는 일들이 계속됐다.

하루는 지옥처럼 길었고

그 하루가 끝날 무렵이면 나는 한층 더 작아져 있었다.

'나는 아무것도 아니구나. 아무것도 아니었구나.'

끝없이 이어지는 생각은 나를 먹어 치우고

꿈을 먹어 치우고 내일을 먹어 치우고 있었다.

그리고 그 무렵의 어느 날 내가 살던 건물이 발칵 뒤집혔다.

여러 가지 문제들이 복잡하게 얽혀 있었지만

한마디로 정리하면 전세금 사기였다.

세상에는 '어떻게 이런 일이 나한테 일어나지?' 하는 일들이

너무나 아무렇지 않게 일어난다.

나는 왜 전봇대에 붙은 전단지 따위를 본 걸까.

왜 분홍색 꽃무늬 떠벽지 따위에 반한 걸까.

왜 되지도 않을 일을 하고 싶다고 여기에 온 걸까.

나는 자꾸만 빨간 신호등에 걸리고 있었다.

결국 나는 그곳에 이루지 못한 꿈과

깨진 유리처럼 상처 입은 청춘과

힘들었던 기억들을 두고는 떠났다.

어쩌다 버스를 타고 그 동네를 지날 때도

고개를 돌리고 눈을 감아 버렸다.

내가 놓고 간 꿈이 거기 있었다.
내가 버린 시간들이 거기 있었다.
그것들이 나를 자꾸만 아프게 찔렀다.

그 시절의 안쓰러운 나에게
가만히 등을 두드려 주는 시간이 올까.
상처에도 실패에도 좀 더 너그러워지는 날이 올까.

오랜 시간이 흐르고 나서 그 동네에 가게 될 일이 있었다.
조용하던 주택가가 많이 달라져 있었다.

나는 그곳을 떠난 이후 처음으로 고개를 돌려서
내가 살던 집 쪽을 바라보았다.
거기엔 그 시절의 내가 있었다.

가장 소중한 걸 잃고 자꾸만 넘어지던 내가.
작은 방구석에 앉아서 기다리고 또 기다리던 내가.
왜 내가 하는 일은 잘되지 않는지 울던 내가.
사는 게 왜 이렇게 어려운지 묻고 또 묻던 내가.

나는 손을 내밀어서
그 시절 나의 등을 가만히 두드려 주었다.

해맑아서
너무 해맑아서

그녀는 해맑았다.

부잣집 외동딸로 사랑도 많이 받고 자라서

어둡지 않고 꼬이지 않고 밝았다.

삶의 많은 어려움들이 그녀와는 거리가 멀었다.

사람은 자신이 경험해 본 만큼 알기 때문에

그녀로선 결코 이해할 수 없는 일들이 많았다.

그래서 가끔 공감 못하는 얼굴로 실수를 했을 것이다.

알게 모르게 상처를 주었을 것이다.

사람들은 종종 뒤에서 수군거렸다.

"걔는 세상을 모르고 어려움을 몰라.

다른 사람의 슬픔과 아픔에는 관심도 없지.

누군가 울고 있을 때 왜 울고 있는지도 모를 거야."

내가 조금 더 어렸다면 나도 그렇게 생각했을 것이다.
하지만 이제 나는 청춘을 그리워하는 노인처럼 이야기한다.
"살아온 게 다르잖아.
세상을 모르면 좀 어때. 어려움을 좀 모르면 어때.
그럴 수만 있다면 나도 그러고 싶은걸."

비꼬는 게 아니다.
정말로 나는 그녀의 해맑음이 부러웠다.

내 삶은 무거워서 종종 주저앉게 되는걸.
나의 슬픔은 너무 오래돼서 자기가 주인인 줄 아는걸.
나는 청춘의 어느 쯤에 너무 일찍 늙어 버렸는걸.
나도 좀 가볍고 산뜻하게 살고 싶은걸.
그럼 종종 두꺼운 커튼을 치고 긴 잠을 자지 않아도 될 텐데.
목적 없는 길을 하염없이 걷지 않아도 될 텐데.
누군가의 장례식에서 오래 울지 않아도 될 텐데.

언젠가 선배 언니가 말했다.
슬픔과 상처와 아픔이 없었다면
나는 아마도 작가가 되지 못했을 거라고.

그때 나는 생각했다.

내가 무슨 대단한 작가도 아닌데

평생 글 같은 건 쓰지 않아도 좋으니까

작가 같은 건 하지 않아도 좋으니까

그냥 대책 없이 해맑았으면 좋겠다고.

해맑아서 너무 해맑아서

가끔 생각 없다는 소리도 듣고 철없다는 말도 들으면서

그렇게 살고 싶다고.

아무것도 모르고 싶고

아무것에도 마음이 움직이지 않았으면 좋겠다고.

덜 예민하고, 덜 아프고, 덜 슬펐으면 좋겠다고.

때론 그런 부질없는 꿈들을 꾸어 본다고.

/

나는 내가 싫어하던 사람이
되고 싶지는 않다

오래전 일이다.

새로 들어온 후배에게 꿈이 뭐냐고 물었다.

후배는 눈을 반짝이면서 말했다.

"저는 건물주가 돼서 월세를 받으면서 살고 싶어요."

지금이야 농담 반 진담 반으로

건물주가 꿈이라는 말들을 많이 하지만

누군가의 입에서 그런 이야기를 듣는 건 그때가 처음이었다.

후배는 무척이나 진지한 얼굴이었다.

자신의 꿈은 부자가 되는 것이고

건물주가 부자의 상징 아니냐고 되물었다.

나는 한 뼘 정도의 꿈,

열심히 노력하면

어쩌면 가 닿을지도 모르는 꿈을 꾸는 사람이었기에

그렇게 큰 꿈을 가진 후배가 신기했다.

사람들은 자신이 부족한 걸 꿈꾸기 마련이다.

결핍은 꿈을 만들어 낸다.

그렇게 따지면 후배의 꿈이야말로 내가 꿀 법한 꿈이었다.

오래전 우리 집은 늘 월세에 쫓기면서 살았다.

매달 말 집으로 찾아오는

주인아줌마의 발자국 소리에 심장이 두근두근했었다.

엄마를 불러 세워 놓고

혼내듯이 월세를 재촉하는 소리가 싫어서

귀를 틀어막고 노래를 불렀다.

지금도 밤늦게 들려오는 발자국 소리에

신경이 곤두서는 걸 보면

그때의 기억이 상처로 남았는지도 모르겠다.

그러니 성공 스토리의 한 장면처럼

"나는 나중에 부자가 돼서 월세 받는 사람이 될 거야"

다짐했을 법도 하다.

하지만 나는 아무래도
욕심이나 성공 유전자 같은 게 부족한가 보다.
어릴 때부터 좋아하는 일을 하고 살면 그만이라고 생각했지
돈을 많이 벌겠다거나 부자가 되겠다는 꿈을 꾸지는 않았다.

게다가 건물주가 되어서 월세를 받는 꿈이라니.
나는 누군가에게 독촉하는 사람이 되고 싶지는 않다.
그 조마조마한 마음이 어떤 건지 알기 때문에
그렇게 만드는 사람이 내가 되고 싶지는 않은 것뿐이다.

살면서 우리가 겪는 많은 일들은
우리가 어떤 사람이 될지 결정한다.

부당하고 불합리한 일들에 울고
배려 없고 무례한 사람들 때문에 상처 입고
쉽게 남의 것을 빼앗는 사람들 때문에 좌절하면서
누군가는 싫어하던 바로 그 사람이 되고
누군가는 싫어하는 사람이 되지 않기 위해서 노력한다.

나는 내가 싫어하던 일을 하고 싶지는 않다.
내가 싫어하던 사람이 되고 싶지는 않다.

/

삶은 풀지 않은
이삿짐 상자 같아

이 집에 살기 시작한 지 몇 년이나 지났지만
아직도 풀지 않은 이삿짐이 있다.
상자 그대로 구석에 놓아두고
볼 때마다 언젠가 정리해야지, 할 뿐이다.

마음에 짐처럼 남아 있지만 우선순위에서 항상 밀리는 일.
바쁜 것만 끝나면 해야지. 좀 쉬고 나서 해야지.
밀리고 밀려서 이젠 해야 할 일 목록에서도 보이지 않는다.

잡동사니 가득한 상자에는
버려야 할 것들이 반이 넘을 것이다.
나머지는 있어도 그만 없어도 그만인 것들.
나머지는 이게 여기 들어 있었네, 반가운 것들.

아무리 찾아도 없어서 결국 새로 산 물건이나
친구에게 돌려줄 물건이 들어 있을지도 모르지.

미니멀리즘이 유행처럼 지나갈 때
신나게 책과 옷과 물건들을 정리했었다.
그러면서 저 이삿짐 상자도 정리하겠구나, 생각했다.

하지만 앞쪽만 까맣던 학창시절 참고서처럼
두 번 나가고 말았던 헬스클럽 한 달 이용권처럼
열정은 금세 시들해지고 말았다.
'어쩌면 곧 이사를 갈지도 모르니까' 하며
그렇게 또 미뤄 두었다.

그러다 겨울잠을 자는 것처럼
웅크린 채로 하루하루를 보내던 날이었다.
어느 밤, 문득 먼지 쌓인 상자를 보고 생각했다.
내 삶 어디에도 풀지 않고 처박아 둔 상자가 있지 않을까.

내게 소중한 것일지도 모르는데.
어쩌면 내가 찾던 것들, 내가 그리워 한 것들,
내가 보면 좋았을 것들이 있을 수도 있는데.

나는 상자를 열지 않았으니

무엇이 들어 있었는지 생이 끝날 때까지 결코 알지 못하겠지.
언젠가 그때 열어 봤어야 했는데, 후회할지도 모르지.

하고 싶었지만 다른 일에 밀려 버린 일들,
시작했지만 결코 끝낼 수 없었던 일들,
지레 겁을 먹고 포기한 일들,
가 보지 않은 길, 해 보지 않은 일들이
상자 속에는 차곡차곡 쌓여 있겠지.
뽀얗게 먼지를 뒤집어쓴 채로.

길고 긴 겨울이 끝나고 봄이 오면
저 먼지 쌓인 상자를 정리해야지.
버릴 건 버려야지.
하고 싶은 일을 해야지.
다시, 시작해 봐야지.

그리스의
작은 섬에서

오래전 그리스의 작은 섬으로 여행을 떠난 건
한 장의 사진 때문이었다.
눈부시게 새하얀 집들과 쨍하게 파란 바다.
천상의 섬이 잠시 지상에 내려온 것 같은 풍경이었다.

하지만 무거운 배낭을 메고 도착한 그곳은
상상 속의 낙원이 아니었다.

태양은 살갗을 모두 태워 버리겠다는 듯 뜨겁게 타올랐고
걸을 때마다 뿌연 먼지가 풀풀 날렸다.
나귀를 끌고 가는 노인의 깊은 주름과
검은 옷을 입은 여인의 얼굴에선 삶의 고단함이 보였다.
가난한 여행자에겐 물가가 너무 비쌌으며

허름한 호스텔에선 끊임없이 모기와 싸워야 했다.
멀리서 볼 땐 그림 같은 풍경도 막상 그 안으로 들어서니
땀이 되고 먼지가 되고 피로가 되었다.

그렇지. 언제나 예상과는 다르게 흐르는 게 인생이지.
뜻대로만 되는 게 인생이라면 내가 여기에 있지도 않겠지.

가장 사랑하던 사람을 잃고 떠난 곳이었다.
빛나던 청춘의 시간에 나는 갑자기 늙어 버렸고
속이 텅 빈 그림자가 된 것 같았다.
감정의 희로애락은 모두 죽어 버려서
다시는 내게 돌아올 것 같지 않았다.

'나는 왜 먼 길을 달려온 걸까. 왜 여기서 이러고 있는 걸까.'
그날 나는 될 대로 되라는 심정이었던 것 같다.
뜨거운 한낮의 태양을 머리에 이고
마을의 정상을 향해 걷기 시작했으니.

끝없이 이어지는 계단을 오르느라 숨은 턱턱 막히는데
잠시 쉬어 갈 그늘 하나 보이지 않았다.
온몸은 땀에 젖고 머리는 핑핑 돌았지만
나는 자신을 괴롭히기로 작정한 사람처럼 걷고 또 걸었다.
그렇게 발아래만 보면서 걷다 보니 어느덧 마을 정상이었다.

냉장고에서 방금 꺼낸 것처럼 시원한 바람이 불어왔다.
땀이 식고 나니 섬 풍경이 눈에 들어왔다.
계단처럼 층층이 늘어선 새하얀 집들 그리고 바다.
한 바퀴를 돌면서 어디를 보아도 바다, 바다, 온통 바다였다.
내가 꼭 바다 한가운데 서 있는 것 같았다.

'아, 아름답다'는 생각이 절로 들었다.
그리고 그때 나는 무언가 내게 돌아왔다는 것을 깨달았다.

나는 지금 아름다운 것을 보고 아름답다고 느끼고 있었다.
슬픔에 밀려서 내가 잃어버렸던 것.
다시는 찾지 못할 거라고 생각했던 것.

순간 눈물이 차올랐다.
다시 아름다움을 느끼는 내가 미안해서.
이 멋진 풍경을 나 혼자서만 보고 있어서.
사랑하는 사람에게 영원히 보여 줄 수 없어서.

천국이라는 것이 있다면 그가 있는 곳이
이 작은 섬 같으면 좋겠다고 생각했다.

어쩌면 다 봤을지도 몰라.
"이렇게 멋진 풍경을 본 적이 있니?" 감탄했을지 몰라.

노을이 물드는 하늘을 보며 "아름답지?" 묻고 싶었을지 몰라.

바다를 지나는 배를 향해 손을 흔들고 있을지 몰라.

길고양이에게 손을 내밀어 먹이를 주고 있을지 몰라.

아마 그럴지도 몰라.

Part 2.

위로받지 못한 마음

어떤 슬픔은
늦게 찾아온다

오래전 텔레비전에서 본 다큐멘터리에서였다.
할아버지가 갑자기 사고로 돌아가셨다.
여느 때처럼 다녀오겠다며 나선 길,
할아버지는 돌아오지 않았다.

할아버지와 할머니는
시골에 사는 여느 노부부와 다를 게 없었다.
다 큰 자식들은 도시로 떠났고 두 분만 남아 농사를 지었다.
살가운 애정 표현 없이 무뚝뚝하지만
이제는 서로가 없으면 안 되는 사이.

하지만 경황없는 장례식이 끝나고
시골집에 혼자 덩그마니 앉아 있는 할머니는

생각보다 담담한 표정이었다.

그러곤 할 일이 태산이라며 밭으로 향했다.

혼자서 밭일을 끝낸 할머니는

카메라를 향해 수줍은 미소까지 지어 보이더니

외발 수레를 끌고 가기 시작했다.

그런데, 수레가 비틀거리다가 옆으로 푹 엎어지고 말았다.

일으켜 세워 보려고 했지만 혼자 힘으로는 역부족이었다.

할머니는 한참을 외발 수레와 씨름했다.

그러다 할머니는 갑자기 아이처럼 울음을 터뜨렸고

손으로 눈물을 훔치면서 말했다.

"일 끝나면 늘 같이 가던 길인데

이제 나 혼자 이 길을 어떻게 가라고."

할머니는 슬프지 않은 게 아니었다.

너무 갑작스러운 일이라서 실감이 나지 않았던 것뿐이다.

앞에서 할아버지가 수레를 끌고 할머니가 뒤에서 밀고

이런저런 이야기를 나누며 돌아간 길.

이제는 평생 할머니 혼자 가야 한다는 걸 깨닫는 순간

할아버지의 죽음이 피부로 다가왔던 것이다.

어떤 슬픔은 때로 그렇게 늦게 찾아온다.

믿어지지 않아서, 믿고 싶지 않아서
사람들은 슬픔을 잠시 보류해 둔다.

그러다 집에 돌아와서 방문을 열었을 때,
텅 빈 식탁을 보았을 때,
현관에 있어야 할 신발이 없을 때,
그렇게 부재의 증거가 하나둘 나타날 때마다
그제야 실감하는 것이다.
'그 사람은 이제 여기에 없구나.'
그리고 그 순간, 웅크리고 있던 슬픔이 터져 나온다.

더디게 찾아온 슬픔은 더디게 간다.

미안해서
화를 낸다

"나는 족발을 못 먹어."
엄마가 못 먹는 음식이 있다는 걸 그때 처음 알았다.
엄마는 늘 입맛이 너무 좋아서 걱정인 사람이기 때문이다.
"족발이 왜?"
"할머니 생각이 나서."

할머니.
있는 듯 없는 듯 조용하고 그림자처럼 얌전했던 할머니.
그런 할머니가 왜?

예전에 하루하루 먹고살기 바쁠 때
할머니가 다니러 왔다고 한다.
딸네 사정 다 아는데 체면치레할 게 뭐 있을까 싶지만

그래도 가난한 살림에 손님 오는 일이 반갑지만은 않았다.
"할머니가 오면 좋으면서도 부담스러운 거야.
변변한 찬 하나 없어서 미안하고 마음이 무거웠거든."

어렵게 사는 딸이 늘 안쓰러우셨던 분이니
집에 찾아와서도 뭐가 먹고 싶다는 얘기는
한 번도 하신 적이 없었다고 한다.
그런데 그날따라 할머니는 자꾸 족발 얘기를 하셨다.
"족발 생각이 나네. 족발을 좀 먹었으면."
엄마는 속상해서 그만 짜증을 내고 말았단다.
"엄마는 도대체 그런 게 왜 먹고 싶어?
내가 그럴 돈이 어딨어."

물론 그래 놓고 엄마는 금방 후회를 했다.
'그깟 족발이 뭐라고 그거 하나 못 사 드리나.
다음에 오시면 어떻게 해서든 사 드려야지.'
하지만 그런 기회는 다시 오지 않았다.
할머니는 얼마 안 있어 암 선고를 받았고
오래 견디지 못하고 돌아가셨다.

그때부터 엄마는 족발을 먹지 않는다고 했다.
그걸 보면 할머니가 생각나고 짜증을 내던 자신이 생각나고
삶이란 왜 이리 누추한가 생각하기 때문이다.

엄마에게 그 음식은 상처였고 그 상처는 문신처럼 새겨졌다.

미안해서 화를 내던 엄마의 심정을 안다.

나도 종종 그러니까.

미안한데 화를 낸다. 아니, 미안해서 화를 낸다.

못해 주는 게 속상해도 화를 내고

능력 없는 게 한심할 때도 화를 낸다.

정작 화는 나한테 났으면서 엄마한테 화를 낸다.

돌아서면 금방 후회하면서도 화를 낸다.

그러다 엄마가 그랬던 것처럼

결국 나도 못 먹는 음식이 생기겠지.

못 가는 곳이 생기고 못 보는 것이 생기겠지.

눈 닿는 모든 것들이 가시가 되겠지.

아픔이 되겠지.

마음의
사막

이런 이야기를 들었다.

사막을 지나던 낙타가

문득 걸음을 멈춰 서 움직이지 않는 자리가 있다.

낙타는 그곳에 서서 고개를 숙이고 울부짖기 시작한다.

누군가를 부르는 것처럼 구슬픈 목소리로 울고 또 운다.

낙타가 우는 그곳은 어떤 사람의 무덤이자

새끼 낙타가 죽어서 던져진 곳이다.

사막에 살던 어떤 민족은 흔적 없는 무덤을 만들었다고 한다.

누구도 들어가지 못하게. 영원히 잠든 이들을 깨우지 못하게.

그런데 어디가 어딘지 알 수가 없어서

정작 무덤을 만든 사람들도 찾아갈 수가 없었다.

그래서 누군가 죽으면 어미 낙타와 새끼를 함께 데려간다.
그러곤 무덤을 만들고
어미가 보는 앞에서 새끼 낙타를 죽인다.

시간이 흘러서 무덤을 찾아가야 할 때
사람들은 어미 낙타를 앞세워서 사막을 걷는다.
어미가 멈춰 서는 자리, 구슬프게 우는 그 자리가
그들이 찾는 무덤이다.

아무리 오랜 세월이 지나도
모래바람이 매일매일 모습을 바꿔 놓아도
새끼 낙타가 어디서 죽었는지 어미는 안다고 했던가.

모성애가 강하고 기억력이 좋은 낙타의 비극.
오래 그리고 잘 기억하는 낙타는
평생 잊을 수 없는 슬픔을 안고 살아야 한다.

바람 부는 모래사막에서 목 놓아 울던 때가 있었다.
아무리 울어도 돌아오지 않는 사람을 부르던 때가 있었다.
너무 울다가 나는 잘게 부서져서 모래가 되었다.

사랑하는 사람을 잃어 본 사람은
마음에 사막을 갖고 있는 사람.

모래바람 서걱서걱 부는 그곳에서

잃어버린 사람을 부르며 운다.

이제 우리는
그만 만나겠구나

한때 좋았던 사람.

소소한 일상을 함께하던 사람.

만나면 이야기가 끊이지 않았던 사람.

하나를 말하면 서너 가지를 알아듣던 사람.

우린 언제 만나도 좋을 거야, 생각했었다.

하지만 살다 보니 인생의 어느 골목에선가

서로 방향이 달라졌다.

너는 저쪽으로, 나는 이쪽으로.

자주 보자, 하고 헤어졌지만

그사이 우리는 많은 것이 달라졌다.

가는 길이 달라지고 사는 법이 달라졌다.

만나는 사람이 달라지고 생각이 달라졌다.

무척 오랜만에 너를 만나러 간 날이었다.
잔뜩 신이 나서 달려갔지만
발이 불편한 구두를 신은 것처럼 나는 금세 피곤해졌다.
빨리 집에 돌아가고 싶어졌다.

나의 말들은 너와 나 사이에 가로막힌 벽에
자꾸만 부딪쳐서 되돌아오고 있었다.
궁금하지 않은 것들, 관심 없는 이야기들에
나는 마음이 지쳐 가고 있었다.

우리는 아주 가까이 마주 앉아 있었지만
너무도 멀리에 있었다.
평행선 같은 거리는 좁혀지지 않았다.

이제 우리에겐 공통점이 없었다.
앞으로 어디서든 우연히도 만날 것 같지 않은
그런 사람들이 되어 버렸다.
내가 알던 너는 어디로 갔을까?
집에 돌아오는 길, 나는 쓸쓸해져서 생각한다.
이제 우리는 그만 만나겠구나.

네가 나쁜 것이 아니다.

너는 달라졌고 나도 달라졌을 뿐이다.

섭섭하지만 어쩔 수 없는 일이다.

"오늘 정말 반가웠어. 다음에 또 보자."

인사를 하고 돌아섰지만 우리는 안다.

다음에 다시 만날 일은 없을 거라는 걸.

우연히 만나면 반갑게 인사를 하겠지만

서로에게 일부러 시간을 내어 주지는 않을 거라는 걸.

인생의 어느 순간을 함께했던 우리에겐

이제 각자의 길이 있는 것이다.

너는 너대로, 나는 나대로.

소리,
마음을 찢다

어떤 소리는 마음을 찢어 놓곤 하지.
싫어졌다는 말.
헤어지자는 말.
끝이라는 말.

어떤 소리는 마음에 뭔가를 새겨 놓지.
너는 아니라는 말.
너는 이것밖에 안된다는 말.
너는 안될 거라는 말.

문신처럼 스며들어 와서
잊을 수 없는 자국을 남겨 놓고 가지.

하얀 원피스 자락에 든 풀물처럼
지워도 완전히 지워지지 않는 말들.
볼 때마다 상처 입게 하는 말들.

어떤 시인이 그랬다.
소리를 낸다는 것은 대기에 상처를 내는 것이라고.*

그러니 소리를 듣는다는 건
공기를 찢으며 내게 온 상처를 듣는 일.

사랑한다는 말도 헤어지자는 말도 그립다는 말도
모두 상처 난 공기들의 속삭임이었던 거야.
날카로운 종이에 손가락을 베는 것처럼
소리들이 마음을 베어 놓고 간다.

당신의 말이 내 귀에 닿기까지
우리 앞엔 갈래갈래 찢어진 결들이 있다.
수없이 상처 입고 조각난 말들.
그리고 그 말들에 찢긴 마음들이 있다.

나는 내가 입은 상처들을 생각한다.
내가 당신에게 주었을 상처를 생각한다.
서로가 서로에게 주었던 상처를 생각한다.

흐릿하게 색이 바래도

끝내 지워지지는 않는 말들이 허공을 떠다닌다.

* 설태수, 〈소리의 탑〉, 《소리의 탑》, 천년의시작, 2009

위로받지 못한
마음

속상한 일이 있어서
비 오기 전 하늘처럼 하루 종일 흐렸던 나는
너에게 문자 메시지를 보낸다.

메시지를 받으면 너는 언제나 바로 답을 보내오곤 한다.
나의 다친 마음을 알아주고 나를 위해서 화를 내 주고
따뜻하게 위로해 주고 씩씩하게 힘을 준다.

나는 네가 보내온 메시지를 읽고 또 읽는다.
세상엔 믿을 수 없을 정도로 악의가 가득한 사람도 있지만
너처럼 선하고 따뜻한 사람도 있다.

나는 메시지를 보낸 그 순간부터

너의 다정한 말들을 기다리고 있다.

그런데 그날은 늦도록 답이 없었다.
메시지는 읽었지만 답장이 없는 상태.
많이 바쁜가 보다 생각한다. 아니면 내용이 너무 무거웠나.
무슨 말을 어떻게 해야 하나 고민하고 있을까?
불편하게 하려던 건 아닌데.

답이 없어도 괜찮다고,
나는 그냥 이야기가 하고 싶었던 거라고 생각하면서도
조금씩 섭섭해지려고 한다.
답장을 기다리고 또 기다리다가
괜히 메시지를 보냈나 싶은 마음까지 든다.

다음 날, 너의 메시지가 도착한다.
나는 햇살 받은 봄눈처럼 스르르 녹아서는
서둘러 확인을 한다.

그런데, 입가에 떠올랐던 미소가 조금씩 사라진다.
짤막한 너의 글에서는 아무것도 느껴지지가 않는다.
그리 친하지 않은 사이에서 오고 갈 법한
형식적인 위로가 담겨 있을 뿐이었다.

아마 네가 너무 바빴기 때문인지 모른다.
어쩌면 힘든 일이 있었기 때문인지도 모른다.
아니면 이런 메시지를 보내는 나에게 지쳐 버린 건지도 모른다.

나는 속상한 일이 있었던 어제보다
내가 좋아하는 사람이 내 마음을 알아주지 못한다는 생각,
그래서 온전히 위로받지 못한다는 생각에 오늘 더 우울해진다.

세상의 모든 문들이 내 앞에서 닫히는 기분,
'네가 들어갈 곳은 없어' 속삭임을 듣는 기분이 된다.

나는 고마웠던 많은 순간들을 잊고 너에게 섭섭해하고 있다.
이런 나에게 질리기도 하지만
한 번 구겨진 마음은 쉽게 펴지지가 않는다.
위로받지 못하고 버려진 마음처럼 외로운 것이 있을까.
앞으론 속상한 일이 생겨도
시시콜콜 다 이야기하지 말아야지, 다짐한다.

하지만 나는 안다.
어느 날 너의 다정한 인사에
나는 혼자 조용히 마음이 풀어질 것이다.
그러곤 섭섭했던 걸 잊고
다시 너에게 메시지를 쓸 것이다.

결국 사람은 혼자라고 생각하지만

그래도 혼자서는 도저히 어쩌지 못하는 날이 생길 것이고

그럴 때 나는 너에게 손을 내밀 것이다.

너의 위로에 기댈 것이다.

누군가를
오래 기다려 본 사람

내가 가장 오랫동안 누군가를 기다려 본 건
지독하게 덥던 어느 여름날이었다.
"금방 갈게" 했던 그를 나는 기다리고 있었다.

금방이라면 얼마일까. 10분? 아니면 30분?
그가 오면 나는 언제라도 나갈 수 있게
모든 준비를 다 하고 있었다.
하지만 그는 몇 시간째 오지 않고 있었다.

그를 기다리기 시작했을 때는
작은 원룸에 네모난 햇살이 가득했는데
이제는 내 얼굴도 보이지 않을 정도로 어둑어둑했다.
무릎을 모으고 앉아서 듣고 또 듣던 믹스 테이프는

더위에 지친 것처럼 늘어져 있었다.

나는 불도 켜지 않고 앉아서 그를 기다리다 생각했다.
이 사람은 나를 많이 좋아하는 건 아니구나.
좋아한다면 이렇게 오래 기다리게 하지는 않겠지.

지쳐서 잠깐 잠이 들었을 때 노크 소리가 들렸다.
그가 "많이 기다렸지?" 물었고
나는 별거 아니라는 투로
하나도 기다리지 않은 것처럼 거짓말을 했다.
"아니."

우리는 얼마 뒤에 헤어졌다.
그 뒤로 나는 누군가를 오래 기다리는 게 싫어졌다.
내가 이 사람에게 소중하지 않다는 기분,
사랑받고 있지 않다는 기분이 들어서.

기다리는 걸 싫어하는 사람은
어쩌면 오지 않는 누군가를
밤새워 기다려 본 적이 있는 사람.
"오래 기다렸지?" 묻는 사람에게
"아니"라고 거짓말해 본 적이 있는 사람.

/
마음 없는 상냥함이
가장 상처받게 한다

너는 친절한 사람.
하지만 내게 마음이 없는 사람.
너는 다정한 사람.
하지만 나에게 마음은 없는 사람.

마음 없는 상냥함이 가장 상처받게 한다는 걸
너는 몰랐지.

마음이 없다면 그렇게 친절하지 말 것.
은근하게 여지를 남기지 말 것.
차갑고 확실하게 선을 그을 것.
나쁜 사람이라는 이야기를 듣고 싶지 않아서
부드럽게 구는 건 더 나쁜 일.

오래전, 마음 없는 상냥한 사람을 만났지.
너무 친절하고 다정해서 그만 오해를 하고 말았지.
그게 사랑인 줄 알았지.

너의 마음 없음에
나는 많이도 울다가, 너를 미워했다가,
나는 왜 안 돼? 매달렸다가,
마음 안에서 유리가 산산조각 나서 박힌 것처럼
숨을 쉴 때마다 아팠는데.

너는 예의 바르고 친절하고 다정하고
눈이 반달이 되도록 자주 웃어 주었지만
거기에 마음은 없었다.

/

눈부시게
환한 빛

어두운 게 무섭다.

깜깜한 밤이 싫다.

어린 시절, 근처 할머니 집에 갔다가 돌아올 때면

언제나 늦은 밤이었다.

고요하고 짙은 어둠이 방 안까지 밀려들어 왔다.

나는 겁이 나서 손톱을 깨물었다.

"자, 이제 집에 갈 시간이야."

그가 무릎을 꿇고 내게 등을 갖다 댄다. 손을 내밀어 준다.

나는 그 등에 업힌다. 그러곤 고개를 파묻는다.

두 눈을 꼭 감는다. 집에 도착할 때까지 절대 뜨지 않는다.

그가 걷기 시작한다.

회전목마를 탄 것처럼 세상이 오르락내리락한다.

그의 등은 넓고 따뜻하고 포근하다.

어둠은 무섭지만

집까지의 거리가 조금 더 멀어도 괜찮을 텐데, 생각한다.

"어디까지 왔어? 아직 멀었어? 얼마나 남았어?"

두 눈을 꼭 감은 채로 나는 묻는다.

"거의 다 왔어. 조금만 가면 돼."

출발할 때부터 도착할 때까지 한결같은 대답.

"어둠은 금방 끝날 거야. 내가 있으니까 괜찮아."

세상은 느릿한 오르골 소리에 맞춰서 움직이고

조금씩 졸음이 몰려온다.

잠깐 잠이 들었나 보다. 꿈처럼 아득한 목소리가 들려온다.

"이제 눈떠도 돼."

그가 나를 깨우는 곳은 언제나 방 안이었다.

아직 어둠이 짙은 골목이나 대문 앞이나 마당이 아니라 방 안.

그는 방 안에 들어와 불을 켜고 나서야 나를 불렀다.

"다 왔어. 눈떠 봐. 이젠 무섭지 않을 거야."

감았던 눈을 뜬다. 거기엔 눈부시게 환한 빛이 있다.

나는 안심을 한다. 하나도 무섭지 않다.

앞으로도 언제까지나 무섭지 않을 거라고 생각한다.

그가 내게 등을 내밀어 줄 테니까.

눈을 뜨면 환한 빛이 있을 테니까.

그땐 그렇게 생각했었다.

가끔 나는 눈을 감고 묻는다.

"여긴 어디야?" 대답이 없다.

"얼마나 남았어?" 대답이 없다.

"아직 멀었어?" 대답이 없다.

눈을 뜬다. 세상은 어둡고 깜깜하고 무섭다.

그 눈부시게 환한 빛은 어디로 가 버린 걸까?

/

타인의
상처

캔을 따다가 손가락을 베었다.
살짝 스쳤다고 생각했지만
상처가 꽤 깊었는지 피가 멈추질 않았다.
응급실에 다녀오는 사이 친구가 집에 와 있었다.
맞다. 같이 저녁을 먹자고 불렀었지.

손에 감긴 붕대를 보고 친구는 심각해진다.
"조심 좀 하지. 너는 애가 왜 그렇게 번번이.
캔 하나도 제대로 못 따고 이게 뭐야."

그런데 잔소리를 이어 나가던 친구가 갑자기
"왜 다치고 그래! 정말 속상하게!" 화를 내더니
느닷없이 울기 시작했다.

나는 너무 놀라서 아픈 것도 잊어버릴 정도였다.

"나 괜찮아. 괜찮대. 치료도 잘 받았어."

씩씩하게 붕대 감은 손가락을 내밀었지만

그녀는 울음을 그치지 않았다.

"아픈 건 난데 네가 왜 울어?"

내 말에 그녀는 아예 바닥에 주저앉아 더 서럽게 울었다.

갑작스러운 울음에 놀라긴 했지만

나는 그녀가 왜 우는지 알 것도 같았다.

얼마 전, 그녀는 길고 긴 전화를 걸어와서 말했다.

먹고사는 일은 너무 힘들고

툭하면 사고를 일으키는 가족이 이젠 짐스럽다고.

할 수만 있다면 혼자 어디로든 멀리 떠나고 싶다고.

아슬아슬한 하루하루를 겨우 참고 있었겠지.

애써 외면하고 있었겠지. 꾹꾹 눌러 담고 있었겠지.

그러다 줄이 끊어진 것처럼

고여 있던 슬픔이 툭 터져 나온 거겠지.

이제 그녀는 더 이상 내 상처를 보고 있지 않았다.

그녀가 보고 있는 건 자신의 상처였다.

내가 아픈 당신보다 더 서럽게 우는 것은
당신의 아픔에서 나의 상처를 보았기 때문이다.
내가 작은 일에 크게 울음을 터뜨리는 것은
그동안 쌓아 둔 슬픔이 많기 때문이다.

울고 나면 고여 있던 슬픔이 조금은 비워지겠지.
언젠가 지나간 상처,
지금 지나가고 있는 상처도 조금은 지워지겠지.
조금은 가벼워져서 "이제 괜찮아졌어" 말할 수도 있겠지.

사랑이
멀어질 때

사랑이 다가오는 소리를 들었다.

한발 앞서 걷고 있던 내게 다가와
가만히 손을 잡아 주었을 때.
오래 앓고 난 내 이마에 한 손을 얹고
자기 이마에 다른 한 손을 얹어 볼 때.
영화를 보러 가서는 자꾸만 내 옆얼굴을 바라볼 때.
내가 먹지 못하는 파를 모두 자기 그릇에 덜어 가는 바람에
파 숲을 이룬 설렁탕을 먹고 있을 때.
사랑은 살며시 다가와 내 옆에 섰다.

사랑은 종알종알 말이 많고
작은 일에 예민하고

잘 삐쳤다가 금방 풀리고

가끔은 거짓말을 하고

몇 초 간격으로 답장을 확인하고

풍선처럼 쉽게 부풀고

신나서 폴짝폴짝 뛰다가 금세 풀이 죽고

숨바꼭질을 좋아하고

자주 웃고 가끔 울고

그리고 계절처럼 달라진다.

사랑이 멀어지는 소리를 들었다.

"어디야? 지금 당장 데리러 갈게"라고 말하는 대신

"어디야? 조심해서 들어가"라고 말하는

너의 목소리를 들을 때.

약속은 쉽게 미뤄지고 "다음에"라는 말이 늘어 갈 때.

메시지의 '읽지 않음' 시간이 점점 길어질 때.

길어진 침묵에

얼음이 녹아내리는 컵만 자꾸 만지작거리게 될 때.

사랑은 뒷모습을 보이며 멀어져 갔다.

나는 사랑을 불러 보았지만

사랑은 어쩔 수 없다는 듯

어깨를 한 번 으쓱해 보이고는 떠났다.

너는 미움받을
자격이 없다

'나는 너를 절대 용서하지 않을 거야'라고
단단한 바위 위에 쓴다. 잊지 않기 위해서.
내가 새겨 넣은 그 말은 단 하루도 내 곁을 떠나지 않았다.

바람이 불어서 바위는 쪼개지고
잘게 부서져서 모래가 되었다.
이제 나는 모래 위에 쓴다.
'너를 용서하지 않을 거야.'
까슬까슬한 모래바람이 마음에 불어올 때면
나는 가끔 떠올리고 가끔은 잊었다.

비가 내려 모래 있던 자리에 오목하게 물이 고인다.
이제 나는 물 위에 쓴다.

'너를 용서하지 않아.'
내가 새겨 넣은 말은 물의 지문이 되어 동그랗게 흩어지다가
조금씩 잔잔해진다. 가만히 고요해진다.

평온한 물의 얼굴.
그 얼굴을 가만히 들여다보다가 나는 그만 잊기로 한다.
지워 버리기로 한다.

이제 나는 안다.
너를 미워하는 건 너를 내 마음에 새겨 두는 일.
나는 너를 지워 버리고 싶었는데 내 안에 가둬 두고 있었다.

미워하는 것으로 너를 내 마음에 담아 두고 싶지 않다.
내 마음 구석 자리 하나도 너에게 내어 주고 싶지 않다.
네가 있을 자리를 만들고 싶지 않다.

너는 미움받을 자격이 없다.

/

그 밤,
소년에게

"내가 중학교 때 이렇게 눈이 많이 오던 날이었어.
아버지가 너무 보고 싶었어."

나는 그의 어린 시절은 잘 알지 못한다.
한 번도 들려준 적이 없었기 때문이다.

내가 아는 건 응석받이로 자랐다는 것.
수재 소리를 들을 정도로 머리가 좋았다는 것.
그런데 어느 순간 공부를 관두고
삐딱선을 타기 시작했다는 것 정도였다.

그런 그가 자신의 어린 시절 이야기를 꺼내기 시작했다.
깨어 있는 시간보다 잠들어 있는 시간이 더 많았던 때였다.

공부를 잘했던 소년은 가족이 있던 시골을 떠나
도시에서 유학생활을 했다.
혼자 지내는 것이 처음이라 많이 외로웠던 소년은
매일 가족을 그리워했다.

어느 겨울 아침, 소년은 아버지가 너무 보고 싶었다.
말수는 적지만 다정하고 따뜻하던 아버지.
학교로 가던 소년은 방향을 바꿔
고향집을 향해 걷기 시작했다.
어떻게 가는지, 얼마나 걸릴지도 모른 채
얇은 교복 하나만 입고 소년은 무작정 걷고 또 걸었다.

점심 무렵부터는 함박눈이 내리기 시작했고
금세 발목이 푹푹 빠질 정도로 쌓이기 시작했다.
소년은 걸음이 느려질 때마다 아버지를 생각했다.
'이제 곧 집에 도착할 거야.
얼마나 좋아하실까. 깜짝 놀라시겠지?'

소년이 집에 도착한 것은 저녁때쯤.
집 안에서는 따뜻한 불빛이 새어 나오고 있었다.
학교를 빠져서 선생님에게 혼날 거라는 걱정은
어느새 저 멀리.
소년은 반가운 마음에 달려가며 외쳤다.

"아버지, 저 왔어요."

깜짝 놀란 아버지에게 아들은 늘 그랬듯이 어리광을 부리며
먼 길을 걸어온 이야기를 했다.
그런데 이야기를 다 들은 아버지가 말했다.
"돌아가라."

소년은 아버지의 엄한 얼굴이 너무 낯설었다.
고생했다고, 잘 왔다고 할 줄 알았는데 돌아가라니.
소년은 오늘 밤은 자고 내일 아침에 가겠다고 말했지만
아버지는 굳은 얼굴로 문밖을 가리켰다.
"가라."

그동안 응석받이로 키운 게 마음에 걸렸던 걸까.
이제는 무조건 다 받아 주면 안 된다고 생각한 걸까.
아버지는 아들이 잘되길 바라는 마음이었지만
아들에겐 잊을 수 없는 상처가 되었다.

소년은 아버지가 미웠다.
그 밤, 먼 길을 혼자 울면서 돌아간 소년은 다짐했다.
'나는 이제부터 내 마음대로 살 거야. 삐뚤어질 거야.'
소년은 더 이상 어제의 그 아이가 아니었다.

나는 그 이야기를 듣다가 생각했다.

그때 아버지가 소년을 안아 주었으면 어땠을까.

이유야 어찌 됐든 잘 왔다고 손을 잡아 주면 어땠을까.

그럼 그가 너무 일찍 꿈을 잃어버리지 않았을지도 모른다.

좀 더 다른 인생을 살았을지도 모른다.

짧게 끝나 버린 삶도 조금은 길게 이어졌을지도 모른다.

눈 오던 그 밤으로 갈 수 있다면

나는 열네 살 소년이던 그를 가만히 안아 주고 싶었다.

아랫목에 앉혀서 꽁꽁 언 손과 발을 비벼서 녹여 주고

따뜻한 밥을 해 먹이고 잠을 재워 주고 싶었다.

가만가만 노래를 불러 주고 싶었다.

너의 내일은 괜찮을 거라고. 다 잘될 거라고.

/

그 시절에는
그 시절의 아픔이 있다

지금 내가 견디고 있는 이 시간을 가볍게 말하는 사람이 있다.
"나도 그 시절을 겪어 봐서 아는데."

물론 위로를 하고 싶지만 어떻게 얘기할지를 잘 모르겠어서
그렇게 말하는 경우도 있다.

하지만 나 때는 훨씬 더 힘들었다고.
그러니까 그건 별거 아니라고. 그 정도는 이겨 내야 한다고.
결국은 그런 말이 하고 싶었던 사람도 있다.

나는 당신이 아니고 당신은 내가 아니다.
지금은 그때가 아니고 그때는 지금이 아니다.
그런데 왜 같다고 생각할까?

어쩌면 당신은
키를 훌쩍 넘기는 물속에 빠져서 허우적거려 본 사람.
그에 비해 나는 겨우 찰박찰박한 발목 깊이의 물속을
아슬아슬하게 걷고 있는 사람.

그러니 너의 슬픔은 견딜 만할 거야,
너의 우울은 그리 무겁지 않을 거야,
그 정도는 이겨 내야지, 말할지도 모르겠다.

하지만 사람마다 견딜 수 있는 고통의 크기가 다르고
감당할 수 있는 마음의 크기가 다르다.
당신도 이제 지나고 나니 괜찮다고 생각할 뿐
그때는 벼랑 끝에 서 있는 기분이었을 것이다.

누구나 지금 지고 있는 짐이 가장 무겁게 느껴진다.
가장 힘든 일은 언제나 지금 내가 겪고 있는 그 일.
내가 고통의 한가운데를 관통하게 만드는 그 일.
나를 잠 못 이루게 하는 바로 그 일이다.

지금 내 앞에 있는 일이 세상의 중심이고
그 일 하나로 마음이 무너져 내리곤 한다.
발목 정도 깊이의 우울도
누군가에게는 가장 힘든 순간이 된다.

그러니 그가 한 발 한 발 걸어 나오기 전에

그런 건 별거 아니라고, 지나고 보면 다 소용없다고

쉽고 가볍게 말하지 말라.

그는 지금 있는 힘을 다해 그 길을 지나고 있으니.

우리는
상처로 이뤄진 사람

오래전 그가 말했다.
"너는 나를 정말로 좋아하는 건 아니구나."

좋아한다고 먼저 고백한 것은 그였고
그녀는 예의 바른 사람처럼 노력이란 걸 하고 있었다.
'싫어하는 건 아니니까 곧 좋아하게 될지도 몰라.'
하지만 노력으로 되지 않는 것들이 있다.

두 사람이 결국 잘되지 않으리란 걸 확신하게 된 건
그녀의 뒷모습 때문이라고 그는 말했다.
"너는 한 번도 뒤를 돌아보지 않더라. 단 한 번도.
그때 깨달았어. 너는 나를 많이 좋아하는 건 아니구나."

그는 매일 그녀를 집 앞 골목까지 태워다 주었다.
그녀는 차에서 내려서 고맙다고 인사를 하고 돌아섰다.

"나는 네가 집 안으로 들어가서 보이지 않을 때까지
그 자리에 있었어.
네가 들어가다 돌아서서 한 번쯤 나를 보지 않을까.
나에게 손을 흔들어 주지 않을까.
어쩌면 내가 떠나는 모습을 지켜봐 주지 않을까 해서."

그는 그 시간을 기다렸다고 했다.
그녀가 걸음을 멈추고 그를 돌아보는 시간.
그녀가 돌아본다면
이제 그녀도 그를 좋아하게 된 거라고 생각하기로 했다.
하지만 그녀는 끝내 돌아보지 않았다. 그는 깨달았다.
'이 사람 마음에는 내가 없구나.'

그가 거기 혼자 남아 있었던 것을 그녀는 몰랐다.
알았다면 돌아봐 주었을까? 손을 흔들어 주었을까?
그녀는 그에게 많이 미안했는데
자신이 받았던 어느 때의 상처가 떠올랐기 때문이다.

그녀가 중학교에서 고등학교로 진학할 때였다.
친한 친구들은 모두 도시로 떠났고 그녀는 남았다.

원래는 그녀도 그들처럼 도시로 갈 예정이었지만
원서를 쓸 무렵 아빠가 입원을 했다.
멀리 떠나 버리는 순간, 아빠를 영원히 잃을 것만 같아서
그녀는 가족 곁에 남았다.

주말마다 집에 오는 친구들을 기다리는 건 즐거운 일이었다.
서로 해 줄 이야기가 넘쳤고 들을 이야기가 많았다.
하지만 어느새 시들해진 취미생활처럼
우정의 색깔도 변하기 시작했다.
그들에겐 도시에 새로 생긴 친구들이 있었고 할 일이 많았다.
집에 오는 횟수가 점점 줄어들었고
돌아오는 순간부터 떠날 생각을 하고 있는 것 같았다.

그녀는 친구들을 배웅할 때마다 서운하고 애틋했지만
그들은 홀가분한 표정으로 떠났다.
그녀는 버스가 보이지 않을 때까지
뒤에서 열심히 손을 흔들었지만
그들은 뒤가 아니라 앞만 보고 있었다.

혼자 뒤에 남겨진다는 건 외로운 일이었다.
그녀는 떠나는 그들이,
뒤돌아서 손 한 번 흔들어 주지 않는 그들이 섭섭했다.

그때였을 것이다.

'나는 남겨지는 사람 말고 떠나는 사람이 되어야지.
떠날 땐 뒤돌아보지 말아야지. 손을 흔들지 말아야지'
생각하게 된 것이.

먼 시간을 돌아 이제 그녀는 먼저 떠나는 사람이 되었다.
떠날 때면 머뭇거리지 않았다. 뒤돌아보지 않았다.
그렇게 사랑에 상처를 주었다.

우리는 상처로 이뤄진 사람.
나는 너에게 상처를 받고 그에게 상처를 준다.
전혀 상관없는 사람 때문에 지금의 사랑이 달라진다.

/

나의 불행했던 시간이
위로가 된다면

너는 한숨을 쉰다.

미간에 주름이 잡힌다.

목소리에 힘이 들어간다.

나는 너의 이야기를 듣는다.

당장 일을 그만둔다 해도 하나도 이상하지 않을 일들.

"참지 마. 그런 일 따위 관둬" 말해 주고 싶은 일들.

결국 너는 울음을 터뜨린다.

나는 그런 너에게 나의 이야기를 시작한다.

내가 해 줄 수 있는 건 그것뿐이라는 듯이 쉬지 않고 떠든다.

네가 너를 괴롭히는 상사를 이야기하면

나는 내가 만난 최악의 사람을 이야기한다.

네가 어긋난 사랑을 이야기하면

나는 다시는 떠올리고 싶지 않은 실연의 기억을 꺼내 놓는다.

네가 보이지 않는 미래를 이야기하면

나는 어둡고 불안한 나의 내일을 말한다.

네가 상처받은 일을 이야기하면

나는 아직 아물지 않은 상처를 보여 준다.

울고 있는 네 앞에서

나는 나의 불행을 야금야금 꺼내 놓는다.

어느새 너의 울음이 조금씩 잦아들고

위아래로 들썩이던 어깨가 조금씩 차분해진다.

"말도 안 돼" 너는 말한다.

"너는 그걸 어떻게 견디고 있는 거야?"

나의 불행했던 시간은 그렇게 너에게 위로가 된다.

미안해할 필요는 없다. 나도 그랬으니까.

언젠가 너는 나를 위해서

너의 불행했던 시간들을 꺼내 놓았으니까.

그날 내게 무겁게 매달려 있던 우울은

너를 만나고 조금 가벼워졌다.

버스를 타고 돌아오는 길에

나는 조금 안심을 했던 것도 같다.

적어도 나는 그 정도는 아니니까

그 정도로 최악인 상황은 아니니까

그나마 다행이야, 하면서.

그 순간, 5촉짜리 전구 같은 빈약한 죄책감이

마음속에서 반짝 켜졌다.

그나마 다행이라는 말.

그건 타인의 불행을 사각사각 먹어 치우며 자라는 말이니까.

이제는 울음을 그친 네 앞에서 나는 여전히 떠들어 댄다.

언젠가 내가 그랬듯이

나의 불행했던 시간이 너에게

잠시라도 위로가 될지도 모른다고 생각하면서.

그리 어려운 일도 아니다.

어쨌든 그건 지금 여기에 있는 불행은 아니니까.

손바닥만 한 불행이라고 해도

너는 지금 그걸 손에 쥐고 있으니까.

그래서 힘이 드니까.

/

말들이
아무런 위로가 되지 않을 때

안아 준다. 키가 나보다 한 뼘 정도 커서 안아 주면
내 머리가 너의 어깨에 닿는다.
"다녀올게" 하고 안아 주면 "잘 다녀와" 하고 말해 준다.

얼마 전까지만 해도
무표정한 얼굴로 가만히 서 있기만 했는데
이젠 대답도 해 준다.
그것만이라도 어딘가, 하고 나는 생각한다.

꽃샘추위가 유난하던 그 봄에
너는 인생의 가장 길고 어두운 터널을 지나고 있었다.
먹지도 않고 자지도 않고 말도 하지 않았다.

시간이 좀 걸리겠지, 생각했지만
너는 헬쑥한 얼굴로 동굴 속으로 걸어 들어가서는
좀처럼 나올 생각을 하지 않았다.

벚꽃이 흐드러지던 봄에도
햇살이 눈부시게 쏟아져 들어오던 여름에도
너는 혼자 겨울을 살고 있었다.

어쩌다 외출한 너에게 "어디야?" 하고 물으면
너는 늘 "한강이야. 강물을 보고 있어"라고 대답했다.

주머니에 돌을 넣고서
강물 속으로 걸어 들어간 버지니아 울프처럼,
가지런히 신발을 벗어 두고
호수로 걸어 들어간 춘이 삼촌처럼,
너도 그럴까 봐 나는 겁이 났다.

매일 조금씩 가라앉고 또 가라앉는 너에게
내가 해 줄 수 있는 게 없었다.
그 시절, 말들은 아무런 위로가 되지 않았다.

그런 말들이 있다.
진심을 다해 전해도 허공에 부딪힌 메아리가 되는 말.

조심조심 고르고 꼭꼭 씹어서 말해도 상처가 되는 말.
그때, 말들은 아무 힘도 의미도 없었다.

오래도록 강물을 바라보고 왔다는 그날,
나는 집에 돌아온 너를 가만히 안아 주었다.
그때부터였을 것이다. 너를 안아 주기 시작한 게.

나는 너를 안아 준다.
외출할 때 안아 주고 돌아와서 안아 준다.
밥 먹기 전에 안아 주고 밥 먹고 나서 안아 준다.
네가 물 마시러 나올 때, 화장실에 갈 때,
텔레비전을 보고 있을 때, 잠자기 전에도 안아 준다.

그 시절, 내가 해 줄 수 있던 건
가만히 안아 주는 일뿐이었다.
내 심장 소리를 들려주고 따뜻한 체온을 전해 주고
'네 옆엔 내가 있어' 알려 주는 일뿐이었다.

네가 길고 긴 겨울에 갇히지 않도록.
영원히 가라앉지 않도록.

시간을
내어 준다는 것

"잘 지내?" 선배 언니가 물었다.

나는 사무실에서 나가는 길이었고

언니는 조금 늦은 출근을 하는 길이었다.

오랜만에 보는 거였지만 평소대로라면

"그럼요. 언니도요?" 가볍게 묻고는 끝냈을 것이다.

오며 가며 안부 정도 주고받는 사람들에게

인사는 그리 큰 무게가 없는 말이다.

"오늘 날씨가 좋네요", "옷이 잘 어울려요", "점심 먹었어요?"

가볍고 무해한 말들.

언니와도 그랬다.

만나면 반갑게 인사를 나누는 사이일 뿐

깊은 이야기를 나누거나 고민을 털어놓은 적은 없었다.
그랬으니 아마 다른 날의 나였다면 달랐을 것이다.

하지만 그런 날이 있다.
우주에 혼자 남은 고아처럼 막막한 기분이 되는 날이.
그래서 상대방의 팔을 꽉 쥐고서는
"나는 잘 못 지내요. 정말로요" 하소연하고 싶어지는 날이.

그날, 내 입에서 튀어나온 "잘 못 지내요"라는 말은
언니의 팔에 진한 손자국을 남겼다.
언니는 걸음을 멈추고 내 눈을 들여다보며 물었다.
"무슨 일이야?"

나는 며칠째 목에 걸려서 삼키지 못했던 말들을
쏟아 내기 시작했다.
숨이 찰 때까지, 머리가 어지러울 때까지, 팔다리가 저릴 때까지
이야기하고 또 이야기했다.

우리는 어디에 앉지도 기대지도 않고
사람들이 정신없이 오고 가는 그곳에 서서
오래 이야기를 나누었다.
숱한 말들이 짓누르던 마음이 조금은 가벼워졌다.

물론 말을 한다고 문제가 해결되는 것은 아니다.
잠시 가벼워진 고민은 금방 다시 원래의 무게로 돌아갈 것이고
결국 답은 내가 찾아야 한다는 것도 잘 알고 있다.

하지만 마음에 쌓아 둔 말들을 하는 것만으로도 충분한 때가,
그리고 그걸 들어줄 사람이 있다는 것만으로도
위로가 되는 때가 있는 법이다.

그날 나는 한 사람이 대가 없이 준 선의를 느꼈다.
언니는 바쁜 걸음을 멈추고
내게 기꺼이 시간을 내어 주었다.

시간을 내어 준다는 것.
그건 그 사람이 가진 유한한 시간 한 조각을 떼어 내서
나에게 준다는 것이다.
그 사람 인생의 한 순간을 나를 위해서 쓴다는 것이다.

한 사람이 나를 위해 시간을 내어 준 순간.
걸음을 멈추고 마음을 열고 귀를 기울여 준 순간.
그런 순간들은 휘청거리는 우리를 넘어지지 않게 잡아 준다.
내일은 모르겠지만
지금은, 이 순간만큼은 그래도 괜찮아질 거라고 말해 준다.

/
마음에 근육이
생길 리 없지

한 번 헤어져 봤다고 그다음 이별이 쉬울 리 없다.
저번 사랑은 저번 사랑. 이번 사랑은 이번 사랑.
이건 다른 사람, 다른 시간의 이야기니까.

이별을 많이 해 봤다고 마음에 근육이 생길까.
그럼 자판기에서 음료수를 뽑는 것만큼이나 이별이 쉬워지게.

벌써 여러 번 일을 잘려 봤다고 해서
그다음 잘리는 일이 무덤덤해지지는 않는다.

일을 그만두게 될 무렵이면
언제나 잠을 설치고 식욕이 없고 불안하고
머리가 아득해지고 배가 싸르르 아프다.

그건 언제나 그래 왔다.

일이 없어도 괜찮아지는 근육 같은 건 생기지가 않는다.

사람을 영원히 잃는 슬픔도 그렇다.

한 번 잃어 봤다고

그다음 사람을 잃는 슬픔이 작아지진 않는다.

수영선수의 어깨처럼

피아니스트의 손가락처럼

발레리나의 다리처럼

강해지고 단단해지고 두꺼워지면 좋을 텐데.

그렇지 않으니 척이라도 해 본다.

아무렇지 않은 척. 신경 쓰이지 않는 척.

상처받지 않은 척. 아프지 않은 척.

척을 해 봐도 괜찮아지진 않는다.

그건 내가 나에게 하는 거짓말일 뿐이니까.

쉬워지지 않고 무덤덤해지지 않고 익숙해지지 않고.

그래서 나는 자꾸만 얇아지고 가늘어지고 약해져서는

쉽게 상처를 받는다.

마음에 근육 같은 게 생길 리 없지.

얼음처럼 단단할 수가 없지.

전하지 못한
말

아빠가 큰 수술을 한 뒤로
나는 수업을 모두 주중에 몰아넣었다.
목요일 오후에 고향집에 내려갔다가
월요일 오전에 다시 학교로 돌아가곤 했다.
멀미 때문에 매주 장거리를 오가는 일이 고역이었지만
벌써 몇 달째 당연한 일처럼 해 오고 있었다.

그런데 그 주말엔 신경이 좀 날카로웠다.
시험이 코앞인데 제대로 준비를 못했기 때문이었다.
특히나 조사를 빼 놓고는
죄다 한자인 철학책을 읽다가 지쳐서는
결국 옥편을 집어던지고 말았다.

아빠는 한자를 한글처럼 쉽게 읽고 쓰는 사람이었다.
내가 초등학교에 들어가기 전에
직접 천자문을 가르쳐 주기도 했었다.
그러니 한자를 붙들고 끙끙거리는 게 이해가 안 됐을 것이다.
한심하다는 얼굴로 길고 긴 훈계가 이어졌다.
틀린 말은 하나도 없었지만 나는 괜히 억울해졌다.

"매주 집에 왔다 갔다 하느라 공부할 시간이 너무 부족해.
두꺼운 책을 싸 들고 다니느라 어깨가 빠질 것 같다고.
나는 아빠 때문에 대학생활도 없고 방학도 없어.
내가 얼마나 힘든지 알기나 해?"

아빠는 상처 입은 얼굴로 굳게 입을 다물었다.
생색 같은 걸 내려고 한 건 아니었는데
나는 나한테 난 짜증을 아빠한테 풀고 말았다.
그것도 상처를 주기 위한 말을 고르고 골라서.

무거운 주말을 보내고 학교로 돌아갔을 때
철학책을 집에 놓고 왔다는 걸 알았다.
어차피 책 읽는 건 포기했다. 친구한테 예상 문제도 받았다.
그래서 책을 보내 달라는 연락을 하지 않았다.

그런데 그다음 주, 집에서 서류 봉투를 보내왔다.

봉투 안에는 두꺼운 대학 노트 한 권이 들어 있었는데
띄어쓰기가 보이지 않을 정도로
손글씨가 빽빽하게 채워져 있었다.

아빠의 손글씨.
노트에 적혀 있던 건
내가 집에 두고 왔던 철학책이었다.
온통 한자였던 철학책이 모두 한글로 되어 있었다.
아빠는 철학책의 한자 하나하나에 음을 달아서
모두 한글로 옮겨 써 놓았던 것이다.

나는 하루 종일 혼자 엎드려서 책을 베껴 썼을 아빠를 생각했다.
노트 한 장 채우는 데도
수십 번을 쓰고 멈추고 쓰고 멈추고 했을 것이다.
내가 했던 말들은 아빠에게 상처가 되었을 것이다.
그런데도 아빠는 내게 해 주지 못한 것들을 생각하고
해 줄 수 있는 것을 해 주고 싶었을 것이다.
그래서 떨리는 손으로 베껴 쓰고 또 베껴 썼을 것이다.

나는 얼마나 미안한지
그리고 얼마나 고마운지 이야기하고 싶었다.
내가 살면서 받아 본
가장 감동적인 선물이었다고 말해 주고도 싶었다.

하지만 쑥스러워서 제대로 표현하지 못했고

나중에 나중에 하면서 미뤄 두었다.

미뤄 둔 말들은 결국 영원히 하지 못하게 되었다.

나는 너를
봐준다

네가 만날 약속을 갑자기 뒤로 미뤄도
문자 메시지 답장을 자주 깜빡하고 잊어도
밥 먹자고 해 놓고는 연락이 없어도
나는 너를 좋아하기 때문에 너를 봐준다.

약속 안 지키는 걸 싫어하고
밤늦게 전화하는 걸 싫어하고
기다리는 걸 싫어하지만 너니까 봐준다.

나는 너를 좋아하기 때문에
많은 것들이 너에게만은 좀 느긋해진다.

다른 사람이었다면 한 번쯤 진지하게 이야기했을 실수들도 너이기 때문에 나는 그냥 넘어간다.

내가 하지 않아도 될 일들도
너를 위해서라면 나는 기꺼이 해 준다.

고장 난 저울처럼, 기울어진 시소처럼
내 마음은 조금도 공평하지가 않다.
'그게 뭐 어때서'라고 생각하다가 나는 순간 멈칫한다.

오래전, 그런 사람이 있었다.
마음이 한없이 느슨해지고 느긋해지고 너그러워지는 사람.
내 마음은 그 앞에서 너무 많이 기울어져 있었다.

하지만 긴 시간의 믿음과 우정은
유리로 만든 것처럼 한순간에 부서졌다.

가장 믿었던 사람이 가장 아프게 한다.
마음을 많이 내어 줄수록 상처도 크다.
좋았던 시간만큼 지워야 할 시간도 많다.

나는 내가 받은 상처를 지우고 또 지웠지만
조금도 흐릿해지지 않았다.

그때 나는 다짐했다.

이제 나는 예전과 같지 않을 것이다.

얼음처럼 단단해지고 마음엔 벽을 세워 둘 것이다.

누구에게든 너무 잘해 주지 말아야지.

적당히 선을 그어야지.

너무 가까워지지 말아야지.

그런데도 나는 지금 너에게 뭐든 해 주고 싶어 한다.

너는 좋은 사람이어서 함께 있으면 마음이 부드러워진다.

선은 지워지고 벽은 허물어진다.

그래서 나는 자꾸만 너를 봐주게 된다.

내가 더 이상 너를 봐주지 않을 때는

내 마음이 너를 떠나고 있다는 것.

내 마음이 문 닫는 소리가 들리고 있다는 것.

나는 언제까지고 너를 봐주고 싶다.

그래서 나는 한발 뒤로 물러난다.

이제 막 서로 좋아지기 시작한 사람들처럼.

그것이 오래가는 관계.

보내지 못한
답장

"보고 싶다."

문자가 온다. 너의 이름이 적혀 있는 문자.

나는 너에게 꽤나 오랫동안 연락을 하지 않고 있지만

아직 너의 전화번호를 갖고 있다.

너는 종종 혼잣말하듯이 문자를 보내오고

나는 읽기만 할 뿐 답장은 보내지 않는다.

그런데 이번에는 좀 망설인다. 이제는 좀 괜찮아진 걸까.

"너는 내가 왜 보고 싶니. 나는 너를…"

여기까지 썼다가 지운다.

너의 번호를 누르고 전화를 하려다가 만다.

오래전 너는 힘들었고 힘든 시간은 꽤나 길게 이어졌다.

그래서 나는 너를 자주 만나러 갔다.

만날 때마다 너는 같은 이야기를 한다.

어둡고 우울한 이야기들.

늘 똑같은 이야기를 듣지만 나는 처음인 것처럼 너를 위로한다.

나는 내가 힘이 되었으면 했다.

네가 다시 시작할 수 있기를. 어둠 속에서 빠져나오기를.

하지만 나의 위로는 언제나 의미 없는 메아리가 될 뿐이었다.

너는 나를 만나면

다시 같은 이야기를 시작하고 다시 나에게 묻는다.

"나는 어쩌면 좋지?"

영원히 반복되는 긴 하루를 처음부터 다시 사는 기분에

나는 점점 지쳐 가고 있었다.

그러다가 내가 땅 밑으로 꺼지기 시작한다.

도무지 어쩔 수 없을 정도의 강도로 세상이 나를 흔들고

끝을 알 수 없는 바닥으로 내동댕이쳤다.

너는 어제와 마찬가지로

힘들다는 문자를 보내고 전화를 걸어온다.

그런데 너의 번호를 보는 순간 나는 덜컥 겁이 난다.

나는 지금 너의 우울함을 마주할 자신이 없다.

간신히 버티고 서 있는 내가

바닥까지 떨어질 것 같아서 무서웠다.

나는 너의 전화를 받지 않는다.

한 번 두 번 세 번. 부재중 전화가 늘어 간다.

시간이 지나면 괜찮아질 테니까. 그때 다시 연락하면 되니까.

나는 그렇게 설명을 미뤄 둔다.

어느새 한 달이 지나고 두 달이 지난다.

그사이 몇 번 문자를 하려다가 말았다.

나는 네가 없는 시간들을 보내면서 조금 놀랐다.

마음의 짐을 벗어던진 듯 홀가분해서.

그동안의 시간들이 꽤 힘들었다는 걸 이제야 깨닫는다.

문득 예전의 시간으로 돌아가고 싶지 않다고 생각한다.

나는 아직 팽팽한 줄 위에 서 있고

내 주변은 언제고 부서져 내릴 것 같으니까.

아직은 자신이 없었다.

나는 결국 나를 선택한다. 이기심이 죄책감을 밀어낸다.

나는 좋아지면 연락하겠다고 생각한다.

하지만 좀처럼 좋아지질 않았다.

길고 어두운 터널을 지나오니

이젠 시간이 너무 오래 지나 버렸다.

"보고 싶다."

너의 문자 메시지를 본다.

"너는 내가 왜 보고 싶니. 나는 너를…"

나는 차마 답장을 하지 못한다.

/
그때는
모른다

보온 도시락이 갖고 싶었다.
점심시간이면 반 아이들은 자랑하듯
저마다 새로 장만한 보온 도시락을 꺼내 들었다.
싸늘하게 식은 밥을 먹는 건 나와 서너 명의 아이들뿐이었다.
그나마 나를 제외하면 모두 남자였다.

남자아이들은
'번거롭게 뭘 그런 걸 들고 다녀?' 하는 얼굴로
찬밥을 먹으면서도 쿨한 척했다. 하지만 나는 쿨하지 않았다.
내가 갖지 못한 걸 다른 아이들은 갖고 있는 게 싫었다.
그건 찬밥만큼이나 마음을 서늘하게 했다.

며칠을 망설이다 슬쩍 말을 꺼내 본다.

엄마는 돈·이야기 대신 에둘러 얘기한다.
"그거 생각보다 보온이 잘 안된대. 그냥 미지근하대."
마치 성능이 별로라서 사 줄 수 없다는 듯이.

내 얼굴을 살피던 엄마는 "그럼" 하고 말을 꺼낸다.
"내가 점심때마다 따뜻하게 도시락을 싸서 갖다줄게."

내 눈이 동그래진다. 매일 도시락을 들고 학교에 찾아온다고?
그건 정말이지 싫었다.
괜찮다고, 그냥 찬밥을 먹겠다고,
보온 도시락 같은 거 필요 없다고 말해 봤지만 소용없었다.

엄마는 다음 날 정말로 도시락을 싸서 들고 왔다.
"식을까 봐 빨리 걸어왔어."
빨개진 얼굴로 숨을 몰아쉬더니 내가 뭐라 할 새도 없이
품에 안고 온 도시락을 주고는 바쁘게 돌아갔다.

도시락에는 갓 지은 밥이 있었다.
뚜껑을 열자 김이 모락모락 올라왔다.
아이들은 좋겠다며 한마디씩 했지만
나는 조금도 좋지 않았다.

엄마는 그해 겨울 내내 도시락을 들고 학교에 찾아왔다.

비가 오건 눈이 오건
기온이 영하로 뚝 떨어져서 칼바람이 불건.

일하는 중간에 시간을 쪼개서 오느라 늘 숨이 차 있었지만
나는 좋지도 싫지도 않은 무덤덤한 표정으로
도시락을 받았다.
내가 한 번이라도 고맙다는 말을 했던가?
아니, 고마운 마음을 가졌던가? 그렇지 않았다.

갓 지은 밥이 아니어도 괜찮았다.
모락모락 김이 오르지 않아도 괜찮았다.
나는 그저 다른 아이들과 같은 도시락을 원했을 뿐이었다.

엄마의 도시락 배달은 그다음 해로 끝이었다.
중학교에 입학하면서 보온 도시락이 생겼기 때문이다.
하지만 기대했던 점심시간, 생각만큼 밥은 따뜻하지 않았다.
'엄마 말이 맞았네. 그냥 미지근하네.'

나는 미지근한 밥을 먹으면서
김이 모락모락 나던 도시락을 떠올렸다.
점심시간이면 교실 뒷문에 서 있던 엄마도.
찬바람을 맞아서 발그레해진 얼굴도.
숨이 차서 오르락내리락하던 가슴도.

장갑을 끼지 않아서 곱아 있던 손도.

도시락을 건네주고 바쁘게 돌아서던 뒷모습도.

나는 매일 세상에서 가장 따뜻한 도시락을 받았지만

그때는 그걸 몰랐다.

Part 3.

엔딩은 도무지 알 수가 없지

_____

_____

_____

_____

_____

나쁜 하루에도
좋은 순간은 있어

하루가 너무나 길어서
꿈속의 꿈을 꾸고 있는 기분이 드는 날이 있다.

마음이 얄팍한 웨하스처럼 자꾸만 부서지는 날.
답안지를 밀려 써서 시험을 망친 기분이 드는 날.
한겨울 칼바람이 부는 건물 사이를
얇은 옷차림으로 헤매고 다닌 기분이 드는 그런 날.

한 걸음 걸을 때마다 발에 힘을 준다.
그렇지 않으면 《오즈의 마법사》에 나오는 도로시처럼
바람을 타고 날아갈지도 몰라. 사라져 버릴지도 몰라.

세상은 때로 너무 차갑고 싸늘하지.

잠시 녹을 틈도 없이 꽁꽁 얼어 버릴걸.

새로 산 구두를 처음 신고 나간 것처럼

상처가 아물기도 전에 또 다른 상처가 생길걸.

춥고 긴 하루를 보내고 집에 돌아간 날이었다.

한 줌의 온기도 없는 집은 마음 변한 애인처럼 싸늘했다.

보일러 온도를 올려놓고

코트를 입은 채로 의자에 앉아서 발가락을 꼬물거린다.

'전기장판을 사 둘걸. 금방 뜨거워질 텐데.'

매년 하는 생각이지만 아마 올해도 사지 않을 것이다.

조금씩 방바닥의 온도가 오르기 시작한다.

나는 화장도 지우지 않고 옷도 갈아입지 않은 채

침대 위의 이불을 끌어내려 바닥에 엎드린다.

밖은 칼바람이 부는 세상. 하지만 이곳은 고요하고 따뜻하다.

얼었던 몸과 마음이 조금씩 풀리는 기분.

나는 모닥불에 얹어 둔 마시멜로처럼 말랑말랑해진다.

커피에 넣은 사각 설탕처럼 모난 구석이 허물어진다.

고집이라는 건 애초에 없는 연두부처럼 부드러워진다.

레몬 절임처럼 달콤해져서는 사르르 녹아내린다.

가릉가릉 소리를 내는 고양이처럼 기분이 좋아진다.

잠이 올락말락 눈이 스르르 감기기 시작한다.

고단하고 길었던 하루가 그래도 괜찮아지는 순간.

나쁜 하루에도 좋은 순간은 있다.

행복은
눈에 잘 띄지

잔뜩 움츠린 채로 청춘을 보냈다.
무슨 일을 해도 잘되지 않았다.
언제쯤 삶이 내게 관대해질까 생각하던 날들이었다.

어쩌다 기대할 만한 일, 좋은 일이 생겨서 소리 내어 기뻐하면
그 일은 취소가 되거나 결국 잘못되곤 했다.
몇 번이나 다 된 일이 엎어지고 나니
크게 숨 쉬는 것도 조심스러워졌다.

좋은 일이 생겨도 너무 많이 좋아하지 말자.
언제고 취소가 되거나 잘못될지도 모르니.
잘된다고 해도 좋은 일 한 가지 뒤에는
나쁜 일이 한 다섯 가지쯤 뒤따라올 테니.

166

그때부터의 버릇이다.

좋아도 너무 큰 소리로 좋다고 말하지 않기.

즐거워도 누구나 다 들리도록 즐겁다 말하지 않기.

불행의 여신은 질투심이 많거든.

불행해 보이지 않는 사람을 늘 찾아다니니까.

행복은 너무 눈에 잘 띄지.

조용히 즐거워하기.

입을 가리고 작게 웃기.

발꿈치를 들고 걷기.

웅크리고 잠을 자기.

소곤소곤 말하기.

담담하게 지내기.

눈에 띄지 않도록.

/

각자의
세계

지하철을 기다린다.

노란선 아래쪽에 두 발을 가지런히 모은다.

발을 꼼지락거려 본다.

누군가 내 옆에 와서 선다.

하얀 운동화를 신은 여자. 운동화 끈이 풀려 있다.

여자는 끈이 풀려 있는 것도 모른 채

멍하니 선로 쪽을 보고 있다. 고단해 보이는 옆얼굴.

하얀 운동화를 신은 그녀는

오늘 좋은 날이었을까, 나쁜 날이었을까.

중요한 날이었을까, 그저 그런 날이었을까.

이만하면 괜찮은 인생이라고 생각할까, 아니라고 생각할까.

내가 낯선 사람을 볼 때마다 자주 하는 생각이다.
저 사람의 하루는 어땠을까.
저 사람의 인생은 어떨까.
저 사람의 내일은 괜찮을까.

세상이 나를 중심으로 돌고 있다고 생각하던 시절에는
생각하지 못했던 일이다.

그런 때가 있었다.
지금 내가 살고 있는 이 생의 중심은 나이고
내가 주인공이라고 믿던 때.

하지만 많은 일을 겪으면서 알게 된다.
주인공은 나 한 사람이 아니라는 걸.
우리는 각자의 세계에서 주인공으로 살아간다는 걸.
내가 내 우주의 중심이라면
당신은 당신 우주의 중심이라는 걸.

우연히 내 옆에 선 하얀 운동화의 여자.
그녀에게는 내가 이 세상에 있다는 것이 아무런 의미가 없다.
다른 은하계에 있는 행성처럼 우리는 서로를 모르고 살고 앞으로도 그럴 것이다.

나에겐 나의 세계가 있고 그녀에겐 그녀의 세계가 있으니까.

이토록 당연한 사실에 나는 잠시 놀라고,

삶은 묵직하고 쓸쓸하고 아득하고

끝없는 우주처럼 알 수 없는 것이구나 생각한다.

낯선 사람이 내 옆을 스쳐 지나간다.

저기 내가 모르는 사람이 있다.

나와는 상관없는 사람이 있다.

저 사람에겐 저 사람의 인생이 있다.

저 사람에겐 저 사람의 세계가 있다.

우리는 각자의 인생과 각자의 세계를 살아간다.

/

모든 일에는
끝이 있다

여행에서 가장 설레는 길은 공항으로 가는 길이다.
다르륵다르륵 보도 위를 거칠게 긁어 대는 트렁크를 끌고
공항으로 가는 그 길.

그런데 가장 설레는 그 순간에 나는 돌아오는 길을 생각한다.
여행을 마치고 조금 피곤한 얼굴로 "돌아왔네" 중얼거리는 나를.
싫기도 하고 좋기도 한 그 익숙한 길을 걷는 나를.

시작할 때 끝을 생각한다.
떠날 때 돌아올 것을 생각한다.
좋을 때 나쁜 것을 생각한다.
나는 그렇다.

크게 기뻐한 만큼 실망도 커진다는 걸
반가움 뒤에는 헤어짐이 있다는 걸
언제고 좋은 시간은 끝이 난다는 걸 알고 있다.

어릴 때 방학이면 고모 집으로 놀러 갔었다.
언제나 언니라는 존재가 그리웠던 나는
세 명이나 되는 언니들이 너무 좋았다.

특별히 하는 일이 없어도
놀이공원 같은 데를 놀러 가는 게 아니어도
그냥 그곳에 있다는 것만으로도 좋았다.

하지만 방학은 언제나 짧았다.
잔뜩 들떠서 고모 집으로 가는 버스를 탄 게 며칠 전 같은데
시무룩해져서는 돌아오는 버스를 타고 있었다.

그렇게 돌아오면 집이 싫어졌다.
작은 집은 더 작고 초라해 보였고,
언니들이 아니라는 이유로
엄마도 아빠도 동생도 보기 싫어졌다.
찰스 디킨스의 소설《위대한 유산》속의 핍처럼.

핍은 작은 집에서도 더없이 행복했지만

대저택에 다니기 시작하면서 달라졌다.
자신의 집은 누추하고 초라한 곳이 되었고
사랑하는 누나와 매형은 교양 없고 추레한 사람들이 되었다.

한번 새로운 세상에 눈을 뜨니 다시 감을 수가 없는 거야.
예전으로 돌아갈 수 없는 거야.
모든 것에 불만투성이가 된 핍처럼
나는 한동안 뾰로통해져서 입을 내밀고 있었다.

내가 보낸 시간이 즐거우면 즐거울수록
돌아오면 실망은 더 커졌다.
그때부터였다. 떠날 때 돌아올 것을 생각한 것이.

지금 내가 가는 곳은 잠시 머무르는 곳일 뿐이다.
시간은 금방 흘러서 나는 곧 제자리로 돌아올 것이다.
떠날 때 타고 갔던 이 버스를 타고서.
그렇게 나는 돌아오는 나를 상상한다.

가장 좋은 시간에 끝을 생각한다.
떠날 때 돌아올 것을 생각한다.

모든 일엔 끝이 있으니까.
모든 만남엔 헤어짐이 있으니까.

/

다시
오지 않을 것들

해변에서 모래 가져가기 놀이를 한다.
모래성을 쌓고 가운데에 막대기를 꽂는다.
먼저 막대기를 쓰러뜨리는 사람이 지는 놀이.

첫 번째 시도에선 망설일 필요가 없다.
과감하게 모래의 절반을 쓸어 가 버린다.

두 번째도 여유가 넘친다.
막대기가 쓰러질 걱정은 하지 않고
남은 모래의 절반을 가져가 버린다.

세 번째까지도 욕심을 낼 수 있다.
최대한 많은 모래를 아슬아슬하게 가져간다.

그래서 막대가 한쪽으로 기우뚱, 금방이라도 쓰러질 것 같다.

이제부터는 얼마나 많은 모래를 가져갈 것인지는
중요하지 않다.
막대기를 쓰러뜨리지 않는 것만이 전부다.
그래서 다들 개미 발자국만큼씩만 가져간다.

차례가 돌아올 때마다 점점 더 조심스러워지고 소심해진다.
오래 살펴보고 고민하고 망설인다.

과감하게 모래를 가져가던 사람은 어디로 갔나.
우선 손부터 뻗던 사람은 어디로 갔나.

이제 남은 건 한 줌의 모래뿐.
그 위에 위태롭게 서 있는 막대를 본다.
처음에 너무 많이 가져가 버렸던 걸까.
그래서 이제는 이 정도밖에 남아 있지 않은 걸까.

오래전 내가 과감하게 쓸어 갔던 모래에는
꿈과 청춘, 열정 같은 것들이 들어 있었다.

내 생의 어디쯤에선가 나는 그걸 너무 빨리 써 버렸다.
조금씩만 가져갈걸. 오래오래 쓰게 남겨 둘걸.

나는 내가 쉽게 써 버린 것들과 잃어버린 것들을 생각한다.

이제는 흩어지고 사라져서

다시 오지 않을 것들을.

오래 버티는 사람이
이기는 사람

혈압이 머리끝까지 올라 눈앞이 아득해진다.
숨이 잘 쉬어지지 않는다. 목이 콱 막힌다.

드라마에서라면 오늘은 멋지게 사표를 던지는 날이다.
하지만 현실은 전혀 멋지지 않다.

차마 하지 못한 말들을 꾹꾹 삼키며 집에 돌아오는 길.
엄마에게 전화를 한다.
내 목소리 톤만 들어도 엄마는 다 안다.
힘들면 쉬어도 괜찮다고, 일을 그만둬도 괜찮다고,
여행을 다녀와도 괜찮다고, 다른 일을 해도 괜찮다고,
그저 다 괜찮다고 말한다.

전화를 끊고 정말로 그래 볼까 생각한다.

나도 할 만큼 했으니까.

하지만 내가 얼마나 오래 일했나 가만히 따져 보다가

그 시간이 생각보다 그리 길지 않아서 놀란다.

학교 졸업하고 일을 찾던 시간은 빼고,

중간에 시험 준비하던 시간도 빼고,

돈 못 받고 일하던 시간도 빼고,

잠깐잠깐 일을 쉬던 시간도 빼고.

그러고 나면 제대로 월급이라도 받아 가면서 일한 시간은

얼마 되지 않는다.

한없이 긴 세월 이러고 산 기분이었는데 겨우 이 정도라니.

지금도 여전히 일을 하고 있는 엄마는

거의 하루도 쉬지 않고

40년이 넘는 시간 동안 일을 하고 있다.

사랑하는 사람들을 잃고, 큰 수술을 몇 번 하고,

마음이 무너지는 일을 수없이 겪고도 엄마는 일을 했다.

그 긴 시간 일하면서 언제 나처럼

먹고사는 게 고단하다고 투정을 부렸던가.

일을 그만두고 싶다고 앓는 소리를 했던가.

나는 이제 할 만큼 했으니까 쉬고 싶다고 했던가.
농담이라도 "내가 놀면 나를 먹여 살릴 거야?" 물었던가.

엄마가 일해 온 시간들에 비하면
내가 일한 시간은 아무것도 아니었다.
겨우 이만큼 일해 놓고 죽을 것 같다니.
엄살은 혼자 다 부리고 있었다니. 징징거리고 있었다니.

누구든 먹고사는 일이 쉬울까.
손목에 참을 인(忍) 타투를 새겨 놓고 다니던 친구처럼
다들 제 몫의 어려움을 견디고 사는 거지.

오래 버티는 사람이 이기는 사람이 될 거라고.
언젠가는 괜찮아지는 날도 올 거라고.
좋은 시간이 기다리고 있을 거라고.

/

알 수 없어서
견딜 수 없는 시간들이 있다

《토지》1권은 늘 대출 중이었다.
돌아오긴 하는 걸까?

낡은 책들이 꽂혀 있는 서가를 걸어 다니는 게
그 시절 나의 유일한 휴식시간이었다.
오래전 도서관에서 시험을 준비하던 때였다.

내가 하고 싶었던 일은 아니었다.
가족을 위해서, 안정적인 미래를 위해서 택한 일이었다.

그 시절 내가 바라던 꿈은 너무 멀리에 있었고
나에게는 눈길 한 번 주지 않았었다.
짝사랑 같은 건 할 여유가 없었다.

그리 오래 걸리지 않을 거라고 생각했다.
하지만 너무 오래 걸리고 있었다.
시험만 합격하면, 하고 미뤄 둔 일이 너무 많았다.

수험서가 아닌 책은 읽지도 않고 영화도 보지 않았다.
연애도 하지 않고 친구들과 수다도 떨지 않았다.
운동도 하지 않고 여행도 가지 않았다.

도서관을 나와서 집으로 돌아갈 때면
무중력 상태에 오래 있다 돌아온 우주인처럼
걷는 법을 잊어버리고 휘청거렸다.

열리지 않는 도서관의 창문, 나른한 공기.
반쯤 몽롱한 상태로 잠이 들면
나는 늘 혼자서 사막을 헤매고 있었다.
아무것도 보이지 않고 아무도 보이지 않았다.

잠이 깨면 열람실 가득 사람들이 있었다.
앞에도 옆에도 뒤에도 온통 사람들이었지만
우린 서로에게 완벽한 타인일 뿐이었다.

가시를 뾰족하게 세운 선인장처럼
누구도 다가오지 못하게

다들 혼자만의 사막에 갇혀 있는 사람들.

이 사막에서 누가 살아남을까.
결국 나는 살아남지 못했다.
만약 된다는 보장만 있었다면
3년쯤 더 수도사처럼 공부만 해야 한다고 해도
나는 견딜 수 있었을 것이다.

몇 번쯤 떨어지는 건 상관없다.
언젠가 붙는다는 걸 알기만 한다면.
조금 오래 걸리는 건 괜찮다.
정말로 가능성이 있다는 얘기만 해 준다면.

하지만 내가 영영 안 되는 일을 하고 있어도
그 길은 내 길이 아니라고 누구도 알려 주지 않는다.
눈짓 하나 손짓 하나 해 주지 않는다.

"끝까지 가 봤자 소용없어. 돌아가는 게 좋아."
이런 친절한 조언 같은 건 들을 수가 없다.

내가 영원히 사막을 헤매게 될지
결국 오아시스를 만나게 될지
알 수가 없어서 견딜 수가 없는 것이다.

대기만성의
시간

대기만성. 나는 그 말이 왠지 멋있어 보였다.

그 말을 언제, 어디서, 어떻게, 처음 들었는지는
기억도 나지 않는다.
대기만성의 뜻도 정확히 모르던 어린 시절이었다.
책을 읽거나 텔레비전을 보면
꿈을 이루거나 성공한 사람들이 나왔고
그게 꼭 비결인 것처럼 힘주어 말했다.

대기만성이란 긴 시간을 전제로 한 것이니까
그들의 나이는 다들 중년을 넘어 노년을 향하고 있었을 것이다.
하지만 어린 나의 눈에는 그런 긴 세월은 보이지 않았다.

그때는 그게 성공의 또 다른 이름인 줄 알았다.

그것도 아주 멋진 성공.

자라면서 나는 그들처럼 대기만성 하고 싶어졌다.

무엇을 하든지 조금씩 느린 나는

어쩌면 그 말에 위안을 삼고 싶었는지도 모른다.

늦더라도 괜찮아. 천천히 해도 괜찮아.

어쩌면 대기만성 할 사람인지도 모르지.

열심히 하다 보면 뭐라도 되어 있을 거야, 생각했다.

그래서 남들보다 느려도 걱정하지 않았다.

한가하게 여유를 부리던 시간들도 있었다.

하지만 점점 나이가 들수록 초조해지기 시작했다.

나는 가진 것이 없었다. 뭔가 이룬 것도 없었다.

그리고 앞으로 뭔가 될 것 같지도 않았다.

내가 가고 있는 이 길이 정말 맞는지 자신이 없어졌다.

내가 잘하고 있다면 지금 잘될 수도 있는 거 아닐까?

아직까지 갈팡질팡할 정도라면 애초에 잘못된 길이 아닐까?

이제라도 다른 길을 가야 하는 것이 아닐까?

열심히 하다 보면 잘될 거야.

시간이 지나면 괜찮아질 거야.

다 알고 있는 달콤한 거짓말에 속은 척했던 건 아닐까?

현실의 대기만성은 조금도 멋있지 않았다.
그 안에는 긴 기다림의 시간과 배고픔의 시간,
방황의 시간과 좌절의 시간들이 끝없이 이어져 있었다.

나는 언제나 나에게 묻고 또 물어야 했으며
누구에게라도 자꾸만 묻고 싶어졌다.
정말 이 길이 맞는 것인지. 내가 잘하고 있는 것인지.

나는 대기만성이라는 말이 싫어졌다.
초라한 현실을 더 날카롭게 비추는 거울 같아서.

행운목이 행운을
가져다준다는 거짓말

행운목을 사 온 건 퇴원을 하던 날이었다.
수술은 잘 끝났고 길고 긴 입원 생활 끝에
치료도 잘됐다고 했다.

그는 퇴원 기념으로 손바닥만 한 행운목을 골랐다.
"행운목은 행운을 가져다준대."

그는 매일 다정하게 말을 걸었고 조심히 물을 주었다.
마른 수건으로 푸른 잎을 정성껏 닦아 주었다.

그런 정성 덕분인지 행운목은 쑥쑥 잘 자랐다.
집에 오는 사람들은
오랜만에 조카를 보는 것처럼 깜짝 놀랐다.

"언제 이렇게 자랐어?"

그사이 그는 몇 번 더 병원에 갔다.
잔뜩 긴장을 하고 갔지만 돌아올 땐 다행이라고 안심을 했다.
"행운목이 정말로 행운을 가져다줬네."
그는 그렇게 믿고 있었다.

행운목에 꽃이 피면 좋겠다고, 그럼 좋은 일이 있을 거라고,
하지만 꽃피우기가 정말 어렵다고 그는 말했다.

기다리던 꽃이 핀 건 어느 겨울이었다.
하얀 꽃이 활짝 피어난 그날,
창밖으로는 함박눈이 펑펑 쏟아졌다.
그는 행운목의 꽃과 쏟아지는 눈을 보면서 즐거워했다.

하지만 꽃이 피고 얼마 뒤였다.
병원에 가던 아침, 그는 예감이 좋지 않다고 말했는데
그날 의사는 무표정한 얼굴로 나쁜 소식을 전해 주었다.

그는 다시 입원하고 두 번째 수술을 받았다.
바짝 마른 그는 중환자실에서 풍선처럼 부풀어 올라 있었다.
그 얼굴을 본 나는 울고 싶지 않아서 농담을 했다.
"꼭 뚱뚱한 산타클로스 같아."

그는 웃으려다가 통증 때문에 웃지 못했다.

잠깐 집에 다니러 온 나는 행운목을 보았다.
하얀 꽃은 여전히 활짝 피어 있었다.
기도를 해 본 적이 없는 나는 두 손을 모으고
간절하게 기도를 했다.
하지만 그 기도는 이뤄지지 않았다.

그가 떠나고서도 행운목은 혼자 잘 자랐다.
잘 키우면 행운이 있다면서. 꽃이 피면 좋은 일이 있다면서.
행운목이 행운을 가져다준다는 건 거짓말.
나는 행운목이 싫어졌다.

싫어하는 것들이 점점 늘어 간다는 것은
그만큼 상처받은 일들이 많다는 것.

우리는 우리가 받은 상처만큼 마음이 작아진다.
갈 수 없고, 볼 수 없고, 할 수 없는 일들이 늘어난다.

싫다고 말하는 당신은 어쩌면 상처가 많은 사람.
상처 때문에 몸을 웅크리고 사는 사람.
고개를 숙이고 걷는 사람.
순간순간 애쓰고 있는 사람.

그런 날이
있다

/

그런 날이 있다. 마음이 고단한 날.
너무 고단해서 세상을 사랑할 힘이 없다고 말한 누군가처럼
숨을 들이쉬고 내쉬고 그것마저 힘에 부치는 날.

사람들은 말한다.
"그럴수록 힘을 내야지.
마음을 긍정적으로 가져 봐. 좀 웃어 봐."

가시처럼 목에 걸려서 따끔거리는 말들.
한 짝만 남은 구두처럼 쓸모없는 말들.
언제 밥 한번 먹자는 인사처럼 의미 없는 말들.

왜 혼내듯이 말하는 걸까. 왜 강요하듯이 말하는 걸까.

할 수 있는데 안 하는 게 아닌데. 그냥 그게 안 되는 건데.

그런 날이 있다. 자꾸 가라앉는 날.
이쯤에서 바닥인가 싶으면
다시 더 깊은 곳으로 가라앉고 마는 날.

그럴 때면 잠을 잔다. 아주 오래 잔다.
꿈에서 꿈을 꾸고 꿈속에서 길을 잃는다.

보라색 알약이 있었다.
작고 동글동글하고 반짝반짝하던 약.
무섭게 잠이 쏟아지는 약.
하루 종일이라도 잘 수 있는 약. 아빠가 먹던 약.

아빠는 그 약 때문에 자꾸만 잠을 잤고 깨어도 깬 게 아니었다.
아빤 그렇게 맥없이 있는 게 싫다고 했다.
그래서 통증을 좀 견딜 만한 날엔 보라색 약을 빼놓았다.

어느 날인가 아빠가 손짓으로 나를 불렀다.
그러곤 보물이라도 되는 듯 가만히 베개를 들춰 보여 주었다.
베개 밑에는 보라색 알약이 봉투 가득 담겨 있었다.

"이거 한 번에 먹으면 아마 평생 잘 거야."

아빠는 못된 장난을 하려는 개구쟁이처럼 웃었다.

아빠는 그 약을 왜 모아 두었던 걸까.
너무 아파서 약도 소용없는 날이면
그 약을 다 먹고 평생 잠을 자고 싶었던 걸까.
아니면 약 없이 지낸 날들, 정신이 또렷했던 날들이
얼마나 되는지 세어 보고 싶었던 걸까.

나는 그 보라색 알약들을 치워 버리고 싶었다.
변기 같은 데 쏟아 버리고 모른 척해 버릴까.
그런 건 처음부터 본 적도 없다는 듯이.
아니, 버리지는 말고 내가 갖고 있을까.
그냥 갖고만 있는 거다.

하지만 아빠가 떠난 후 보라색 알약들도 온데간데없어졌다.
한 줌이나 되는 약들은 모두 어디로 사라진 걸까.

잠이 오지 않는 날. 너무 많이 자 버린 날.
자고 일어나서 몸이 녹아 버린 설탕처럼 나른하고 무거운 날.
가끔 생각난다.
아빠가 베개에 숨겨 두었던 보라색 알약들이.

좋은 것은
오래가지 않는다

그가 나를 위해서 마지막 차표를 구하려고 뛰어갈 때,
나는 그 뒷모습을 보면서 생각했다.

이 사람하고 오래도록 계속 함께면 좋겠다고.
오래도록, 계속이란 게 얼마의 시간인지는 모르겠지만
헤어지지는 않는 거겠지.
하지만 좋았던 시간은 오래가지 않았다.

내가 처음으로 이 일을 하게 돼서 다행이라고
진심으로 생각하게 된 사람들을 만났을 때도 그랬다.
이 사람들과 오래 함께 일하면 좋겠다고.

그 시절의 나는 많이 웃었고

이렇게 좋은 날이 나에게도 찾아온 게 놀라워서
가끔 볼을 꼬집어 보았다.
그건 꿈이 아니었고, 꿈속의 꿈도 아니었다.

하지만 좋은 건 계속되지 않는다.

그 겨울의 끝자락에 나는 종종걸음을 치면서 출근을 하고 있었다.
내가 매일 걷던 그 길은 봄에 특히 예뻤다.
이제 봄이 멀지 않았다고,
곧 봄꽃을 볼 수 있겠다고 그런 생각을 했다.

그러나 나는 봄에 피는 꽃들을 보지 못했다.
다시 그곳으로 출근할 일이 없었기 때문이다.

그날 일을 그만둬 달라는 이야기를 듣고 돌아오던
그 길을 기억한다.
겨우 몇 시간 전에 걸었던 길이지만
그때와는 조금도 같지 않았다.

이제 봄이 되는 이 길의 풍경을 못 보겠구나,
그런 생각을 했고
"잘 다녀왔어?"라고 물으면
잘 다녀왔다고 거짓말할 용기가 없다는 생각을 했다.

앉았다가 급하게 일어난 것처럼

나는 머릿속이 까맣고 어지러운데

불행한 건 나일 뿐, 세상은 너무도 고요했다.

바로 어제까지만 해도 퇴근길이면 머릿속을 채우던 생각들.

오늘은 또 얼마나 막힐까. 저녁은 뭘 먹지?

책 읽을 게 많은데. 주말엔 영화를 보러 갈까?

늘 해 오던 일상의 생각들은 조금도 떠오르지 않았다.

오늘은 어제와 같지 않다.

혼자 돌아오던 그 길에 내일이라는 시간은 없었다.

좋은 것은 오래가지 않는다.

추억은 추억
지금은 지금

마지막 회식 자리였다.
시작은 기억나지만 그다음은 전혀 기억이 나질 않았다.
사람들이 다 모이고 얼마쯤 뒤에 정신을 잃었고
차에 태워졌고 집으로 보내졌다.

아침에 일어나니 비슷한 메시지들이 와 있었다.
"어제 왜 그렇게 울었어? 속은 괜찮아?"

아, 나 진상이었구나.
얼굴이 붉어져서 답장도 보내지 못한다.

일하던 사람들과 헤어질 때마다 아쉬움이 남지만
어느 때보다 섭섭한 마음이 컸다.

좋은 사람들이었다.

함께하는 순간순간

이렇게 좋은 시간들은 다시 오지 않겠지 생각했다.

살다 보면 사진을 찍어서 액자에 넣어 두듯이

붙잡아 두고 싶은 순간들이 있다.

정말 좋았던 시간, 최고의 순간들은

그리 쉽게 오지 않는다는 걸 이미 경험으로 알고 있었다.

조금 더 많이 웃어 줄걸. 따뜻한 말을 더 자주 해 줄걸.

잘하고 있다고 말해 줬었나?

아니, 다 못한 것 같다.

그 시절, 나는 힘든 시간들을 보내고 있었다.

일이 손에 잡히지 않는 상황이었지만

매달릴 곳은 일밖에 없었다.

그리고, 함께 일하는 사람들이 위로가 되어 주었다.

밝고 따뜻하고 재밌는 사람들.

끝없이 이어지던 이야기와 유쾌한 농담들.

내가 하루 중 이곳에서 이렇게

딱 두 시간만 웃는다는 걸 이 사람들은 알까?

이 시간들이 아니었다면
나는 그 긴 어둠을 어떻게 지나왔을까?

그들은 아무것도 몰랐겠지만 나는 그들이 고마웠다.
하지만 고맙다는 인사도 제대로 하지 못했다.
그리고, 마지막 회식을 끝으로 우리는 흩어졌다.

단체 채팅방에 들어가서 그동안 주고받은 메시지들을 보았다.
함께한 순간들이 그리웠다.
그러나 이건 놓고 가야 할 것들이었다.

후배가 메시지를 보내왔다.
"하루밖에 안 됐는데 여긴 벌써 너무 지루해요."

나도 그래, 많이 그래.

하지만 추억은 추억, 지금은 지금.
너무 추억에 매달리면 지금이 재미없어진다.
추억은 그 자리에 두고 앞으로 가야 한다.

가지 않은
길

우리는 카페에 앉아 있다.
아직 야외 테라스에 앉기에는 바람이 조금 차갑다.
팔에 소름이 소소소 돋아나기 시작한다.
"안으로 옮길까?" 말하려는 참에
너는 갑자기 가지 않은 길을 이야기한다.

가끔씩 만나는 우리는
그때마다 특별할 거 없는 일상을 이야기하고
그동안 겪은 이상한 사람들을 이야기하고
이해할 수 없는 상황들을 이야기한다.

가끔은 웃고 가끔은 화내고 가끔은 심각하다.
그리고 이야기의 절반은 언제나 다른 일,

지금 우리가 하고 있는 일이 아닌
다른 일을 찾는 걸로 채워진다.
물론 결론은 나지 않는다. 그냥 푸념이 되고 만다.

우리는 많은 이야기를 나누지만
그래도 가지 않은 길을 이야기하지는 않는다.
가지 않은 길을 이야기한다는 건
다락방에 숨겨 둔 평생 열고 싶지 않은 상자를 여는 것과 같다.

거기엔 후회가 있고 미련이 있고 아쉬움이 있다.
그리고 그 상자를 열고 나면
지금의 삶이, 내가 선택한 이 삶이 싫어질 것이다.

그런데 그날 너는 가지 않은 길에 대해서 이야기한다.
그 길엔 자꾸만 작아지는 마음도 불안한 내일도 없을 거라고,
지금보다는 좋을 거라고, 너는 믿고 있었다.

가지 않은 길을 오래 생각하던 때가 있었다.
내가 갖지 못한 것들을 생각하고
가족에게 해 주지 못한 것들을 생각하던 때.
나는 그 생각들에 자꾸 발이 걸려서 넘어졌다.
아래로 아래로 가라앉았다.

그 길을 갔더라면 달랐을까?

좋은 것들이 나를 기다리고 있었을까?

모르는 일이었다.

나는 누구도 알 수 없는 일에 나를 괴롭히고 있었다.

나는 가지 않은 길과 내가 갖지 못한 것들을

작은 상자 속에 차곡차곡 담았다.

되도록이면 멀리 손 닿지 않는 곳에 치워 두었다.

스르륵 열리지 않기를 바란다.

어쩌다 실수로 내가 열지 않기를 바란다.

나는 그 길을 가지 않았다.

나는 다른 길을 선택했다.

그것뿐이다.

하지 못한 일
하지 못한 말

좋아하는 작가가 세상을 떠났다는 소식을 들었다.

이제 이 작가가 새로 쓰는 책은 영원히 읽지 못하겠구나.
출간된 책이 그리 많지 않아서 조금씩 아껴 읽고 있었는데
이제는 정말로 그것뿐이구나.

어디선가 죽음이 들려올 때마다 생각한다.
나는 영원할 것처럼 하루를 살고 있지만
생은 그저 눈 깜빡할 사이에 있다고.

다음에 다시 읽어야지 했던 책은 아직 읽지 못했다.
다음에 봐야지 했던 영화도 아직 보지 못했다.
미뤄 둔 일들이 자꾸만 쌓여 간다.

개학을 앞두고 밀린 숙제를 하던 그때처럼
결국은 다 하지 못할 것이다.

메모장에 적어 둔 '오늘 해야 할 일들' 목록은
너무 쉽게 내일이 되고
내일은 죄책감 없이 또다시 내일이 된다.

그렇게 몇 달 동안이나 뒤로 밀려 버린 일들,
그래서 아직도 지우지 못한 '오늘 해야 할 일들'이 있다.

하지 못하고 뒤로 미루는 버릇.
말도 그랬다.

하지 못한 말이 있었다.
사랑한다는 말. 그 말을 꼭 한 번은 하고 싶었다.
하지만 미루고 미루다가 그는 끝내 듣지 못하고 떠났다.
물론 말하지 않아도 알았을 것이다.
그래도 해 주었더라면 좋았을걸 하는 말들이 있다.
상대방의 입을 통해서 듣고 싶은 말들이 있다.

말하지 않으면
얼음조각이 녹아서 물이 되는 것처럼 형태가 달라진다.
같지만 다르다.

우리는 형태 속에 살고 있으니까.

하지 못한 일, 하지 못한 말이 넘친다.
옷장 밑바닥의 먼지처럼 자꾸만 쌓여 간다.
우물쭈물하는 사이 시간은 흘러갈 것이다.
그러다 이제는 너무 늦었다고 생각할 것이다.
했더라면 좋았을걸 후회할 것이다.

/

깨고 싶은 꿈
깨고 싶지 않은 꿈

"무서운 꿈을 꾸었어."
나는 아이처럼 겁에 질려 말한다.

무슨 꿈이냐고 묻는 말에
썩은 콩을 골라내는 것처럼 조심스럽게 단어들을 고른다.
나쁜 걸 크게 소리 내어 말하면
정말로 나쁜 일이 될 것 같아 목소리를 낮추고 작게 말한다.

"그거 좋은 꿈이야. 꿈은 반대잖아."
나를 다독여 주는 목소리.
전화기 너머로 손을 뻗을 수 있다면
분명 내 등을 쓰다듬으며 말했을 것이다.
걱정하지 말라고. 아무것도 아니라고.

엄마 말이 맞았다.

하루가 끝나도록 나쁜 일 같은 건 일어나지 않았다.

엄마가 어떻게 말할지는 알고 있었다.

악몽을 꾼 나에게 언제나 똑같은 말을 하니까.

"꿈은 반대야."

하지만 좋은 꿈을 꾸었을 때는 꿈은 반대라고 말하지 않는다.

그건 정말로 괜찮은 꿈이라고,

좋은 일이 있을 거라고 말해 준다.

엄마의 이상한 꿈 해몽법.

예민하고 쉽게 불안해하는 나를 안심시켜 주는 거짓말.

그리고 그 이야기를 듣고 있으면 정말로 안심이 된다.

어릴 때 나는 매일 똑같은 꿈을 꿨다.

누군가에게 쫓기다가 어딘가에서 떨어지는 꿈.

꿈을 꾸는 게 무서워서 잠드는 게 싫을 정도였다.

어른들은 대수롭지 않다는 얼굴로 말했다.

"키가 크려고 그래."

키가 악몽을 먹고 자라는 거라면

키 같은 건 크지 않으면 좋겠다고 생각했다.

그 시절 나는 언제나 깨고 싶은 꿈만 꾸었다.

한동안 꿈을 잘 꾸지 않던 내가 다시 꿈을 꾸기 시작했다.
그 꿈은 언제나 너무나 생생하고 너무나 똑같았다.

방문을 열면 당신이 침대에 기대앉아 책을 읽고 있다.
나는 깜짝 놀라서 잠시 눈을 비비다가
당신이 정말로 거기에 있는 걸 확인하고
신이 나서 어쩔 줄을 몰라 한다.

그러고는 목소리를 낮춰 속삭인다.
"나 무서운 꿈을 꾸었어.
정말로 기분 나쁜 농담 같은 꿈이었어."

당신이 무슨 꿈이냐고 묻지만 나는 대답하지 않는다.
혹시라도 그 나쁜 꿈이 현실이 될까 봐.
이렇게 좋은 시간을 비집고 들어와서 깨뜨릴까 봐.
나는 지독한 악몽을 꾸었지만
그래도 꿈이어서 정말 다행이라며
당신의 옷자락을 꼭 쥔다.

하지만 현실이라고 생각했던 건 꿈이었고
꿈이라고 생각했던 건 현실이었다.
깨고 싶지 않은 그 꿈에서 깨어나면
나는 언제나 울고 있었다.

깨고 싶은 꿈과 깨고 싶지 않은 꿈.

인생이 한낱 꿈이라면

나는 지금 깨고 싶은 꿈을 꾸고 있는 걸까.

깨고 싶지 않은 꿈을 꾸고 있는 걸까.

/

어느 흐린 날의
인생

머릿속이 온통 한 가지 생각으로 가득 찰 때가 있다.
걱정이 있거나 해결해야 될 문제가 있을 때.
고민한다고 별로 달라지는 것도 없지만
한번 비집고 들어온 생각은 좀처럼 자리를 비켜 주지 않는다.

지금은 무슨 일이었는지 기억도 나지 않는 걱정 때문에
나는 아침부터 마음이 무거웠다.
렌즈를 끼는 그 짧은 시간에도
신경은 온통 그 쪽에 쏠려 있었다.

그래서 렌즈가 팅겨서 세면대 배수구 아래로 떨어지는데도
그저 넋을 놓고 "어어어" 하고 말았다.

잃어버린 렌즈는 하필이면
바꾼 지 며칠밖에 안 된 왼쪽 렌즈였다.
방금까지 머릿속을 가득 채웠던 생각은 순식간에 밀려나고
이제는 온통 렌즈 생각뿐이었다.

차라리 바꿀 때 다 된 오른쪽 렌즈를 잃어버렸으면
이렇게나 아깝지는 않았을 것이다.
겨우 며칠밖에 안 쓴 걸 또다시 맞춰야 한다니.
운이 없더라도 조금만 덜 운이 없는 쪽은 안 되는 걸까.

하긴 삶이 그렇게 호락호락 편의를 봐준다면
아침부터 무거운 마음으로 고민 같은 걸 하지도 않았겠지.

새로 맞춘 왼쪽 렌즈를 며칠 만에 잃어버리는 것.
오른쪽이면 좋았을 텐데, 하는 아쉬움은 통하지 않는 것.

삶은 다정한 연인보다는 사감 선생 같을 때가 많다.
잃어버린 것을 또 잃어버리고
다친 곳을 또 다치고
상처받은 데를 또 상처받고.
도무지 봐주질 않는 무정함에 코가 찡하게 맵고
서러워서 딸꾹질할 정도로 울고 나면
금방 또 울 일이 생기고.

그것이 어느 흐린 날의 인생일 것이다.

렌즈를 잃어버리지 않는 날도 오겠지.

잃어버리더라도 마침 바꿀 때 다 된 쪽인 날도 오겠지.

그래서 '이 정도면 괜찮은 거야' 생각하는 날도 오겠지.

퇴근길
사람들 속에서

일을 오래 쉬고 있을 때였다.
잠드는 시간이 점점 늦어지더니
아침이 되어서야 겨우 잠이 들곤 했다.
그러다 눈을 뜨면 해가 져 있었다.

오래 자고 나면 쓸쓸하고 허전한 기분이 든다.
자고 있는 사이에 영혼이 빠져나갔다가
아직 돌아오지 않은 느낌.
꿈과 현실 세계에 발을 하나씩 걸치고 있는 느낌.

자는 일 말고는 통 하는 일이 없었다.
며칠 동안 문밖에도 나가 보지 않았다.

갑자기 바람이 쐬고 싶어졌다.
잠잘 때 입었던 트레이닝복 차림 그대로
슬리퍼를 신고 나갔다.

오랜만에 나와서 살짝 현기증이 났지만 바람이 좋았다.
비가 오기 직전의 무겁고 축축하고 시원한 바람.
내가 가장 좋아하는 바람.

지하철역을 지나는데 마침 퇴근 시간이었나 보다.
단정하게 정장을 차려입은 직장인들이
역 출구에서 쏟아져 나오고 있었다.

한꺼번에 많은 사람들이 내 쪽을 향해 걸어오자 당황스러웠다.
옆으로 비껴 서며 고개를 숙이는 순간
무릎 나온 트레이닝복과 얼룩 묻은 슬리퍼가 눈에 들어왔다.
'저 사람들에 비해 나는 너무 추레하구나.'
괜히 몸이 움츠러들었다.

사람들이 빠른 걸음으로 내 옆을 지나갔다.
반짝이는 그들의 얼굴.
그 얼굴에는 활기와 여유가 있었다.

일을 그만둔 지 얼마 안 됐을 땐 다른 것들이 보였다.

지친 얼굴, 축 처진 어깨, 무거운 발걸음.

그땐 그들을 보면서 안쓰러웠다.

하루가 얼마나 힘들었을까. 얼마나 고단할까.

하지만 지금은 다른 것들이 보였다.

오늘을 열심히 산 사람들의 얼굴.

피곤하지만 후련한 표정.

'이제는 집에 가서 쉴 수 있어' 안심하는 눈빛.

하루를 방바닥으로 흘려보낸 나는

절대 가질 수 없는 표정과 분위기가 그들에겐 있었다.

그 사람들 사이에서 나는 섬처럼 고독했다.

나는 너무 오래 일을 쉬었구나. 너무 오래 혼자 있었구나.

일할 땐 그렇게 지겨웠던 것들이 그리워졌다.

지옥철을 타고 출퇴근을 하고

사람들과 부딪치며 생활하고

쉴 새 없이 문자 메시지와 전화를 하고

하루에도 몇 번씩 감정의 롤러코스터를 타야 하는 것까지도.

긴 잠을 깨우는 것처럼 어디선가 바람이 불어오더니

빗방울이 하나둘 떨어지기 시작했다.

이 비는 금방 지나갈까?

내 어둡고 불안한 시간들도 이 비처럼 곧 지나가게 될까?

쉬워
보인다

학창시절, 수학 문제를 풀다가 막힐 때
몇 번을 풀어 봐도 해결이 안 될 때
맨 뒷장의 정답 해설지에 눈길이 가곤 했다.

더도 덜도 말고 딱 한 군데 막힌 곳만 해결되면
나머지는 술술 풀릴 것 같았다.
'살짝 힌트만 얻는 거야. 여기 딱 한 부분만.'

해답지를 슬쩍 보고 나면
그렇게 어렵던 문제가 한순간에 별거 아닌 게 된다.
작은 힌트 하나가 막힌 문제를 풀게 하는 것이다.

뭐든 해답을 알고 나면 쉬워 보인다.
쓱쓱 간단하게 풀 수 있을 것 같다.

어느새 나는 문제집 해설지 사이에 손가락을 끼우고
막힐 때마다 슬쩍 뒤로 넘겨 가면서 문제를 푼다.
그러면서 쉽다고 말한다. 다 안다고 말한다.

삶이 어려운 건 정답도 해설도 없기 때문이다.
하는 일이 잘되지 않을 때, 뭐 하나 쉬운 게 없을 때
누가 힌트라도 좀 주면 좋을 텐데.
'그 길은 아니야. 그건 아니야.'

하지만 그런 건 없다.
꽉 막힌 생 앞에서 우리는 종종 다른 사람을 질투한다.
슬쩍 곁눈질로 보면 쉬워 보이는 수학 문제처럼
슬쩍 밖에서 보면 남의 인생도 쉬워 보이니까.

내가 하는 일은 잘되지 않는데
나는 사는 게 고단한데
나는 뭐 하나 쉬운 게 없는데
나는 매번 상처를 받는데
다른 사람의 생은 괜찮아 보인다.

하지만 어디 쉬운 생이 있을까?

가장 쉬워 보이는 한 생을 골라서 다시 살 수 있다면

우리는 그 생을 다 산 다음 이렇게 말할지 모른다.

나의 생은 너무 힘들고 고단했다고.

/

내 몫의 불운을
다 견디고 나면

로마에서의 마지막 밤이었다. 그냥 잠들기엔 아쉬웠다.
'숙소 근처라도 한 바퀴 돌고 올까?'
기분 좋게 나선 산책길이었다.

낮의 열기는 어느새 사라져서 바람이 선선했고
귓가에는 좋아하는 음악이 흐르고 있었다.
덥고 복잡하고 시끄러웠지만 나는 로마가 좋았다.
아직도 못 본 게 너무 많았다.

트레비 분수에 동전을 던져 넣었으니까 다시 오게 될 거야.
그렇게 아쉬운 마음을 달래고 있을 때였다.
노숙자처럼 보이는 여자가 다가왔다.

218

'돈을 좀 달라는 걸까?'

하지만 가볍게 산책을 나온 거라서 지갑이 없었다.

있다 해도 내일 쓸 차비 정도 남았을 것이다.

그런데 그게 아니었다. 여자는 갑자기 내게 손을 뻗으면서

큰 소리로 뭐라 말하기 시작했다.

이탈리아어를 모르지만

다정한 말이 아니라는 것쯤은 알 수 있었다.

순간, 어쩔 사이도 없이 여자는 괴성을 지르더니

내 머리채를 잡고 흔들기 시작했다.

머리카락이 뽑혀 나가는 아픔이 얼마나 컸던지

갑작스레 달려든 여자 때문에 느낀 공포는

한 걸음 살짝 물러날 정도였다.

그녀는 나보다 키가 작았지만 힘이 너무나 세서

아무리 버둥거려도 빠져나올 수가 없었다.

할 수 있는 건 비명을 지르는 것뿐.

하지만 아무리 소리 높여 외쳐도

도와주러 오는 사람은 없었다.

한참을 버둥거리다가 여자를 밀치고 가까스로 빠져나왔는데

머리카락이 한 움큼 뽑힌 채였다.

손에 잡힌 머리카락을 보니 눈물이 솟아올랐다.

내가 뭘 어쨌다고 나한테 이러나.
나는 그냥 기분 좋게 산책을 하려고 했던 것뿐인데.
내가 무슨 잘못을 했다고 이런 고약한 일이 생기나.
억울하고 서러웠다.
그날 로마에서의 일은 오랫동안 악몽으로 남았다.

그런데 살다 보면
그렇게 삶이 내 머리채를 잡고 흔들 때가 있다.
너무 서러워져서는
"나한테 왜 그래? 내가 뭘 그렇게 잘못했는데?"
따져 묻고 싶어진다.
도와주는 사람도 없고 의지할 사람도 없이
혼자라는 생각에 울컥하게 된다.

발끝을 세우고 조심조심 걸어도 소용없다.
고개를 숙이고 조용조용 숨을 쉬어도 소용없다.
불운은 어디든 불쑥 찾아오곤 한다.

사람마다 만나야 할 불운의 양이 정해져 있으면 좋을 텐데.
그래서 내 몫의 불운을 다 견디고 나면
좋은 순간들이 온다고 믿을 수 있으면 좋을 텐데.

/

엔딩은
도무지 알 수가 없지

작은 영화관에서 영화를 보고 있었다.

영화는 지루하고 무거웠다.

시작하고 얼마 되지 않아 도중에 나가 버리는 사람이 생겼다.

잠시 후 그 뒤를 이어서 또 한 사람이 나갔다.

몇몇은 앉아 있는 게 힘든지 자꾸만 부스럭거렸지만

지루함 속에서도 즐거움을 찾아보려고

집중하는 사람들은 있었다.

또 한 사람이 가방을 들고 일어섰을 때

나는 하품을 하고 있었다.

중간에 나가는 사람들은 안 봐도 뻔하다고 생각하는 거겠지.

'어차피 끝이 예상되는 영화인데
계속 앉아 있는 게 무슨 의미가 있어?'라고.

나는 자꾸 딴생각을 하면서도
아직은 자리를 지키고 앉아 있다.
지금 나가 봐야 할 일도 없는걸.
표를 끊었으니까 그래도 끝까지 봐야 하지 않을까.
어쩌면 반전이 있을지도 몰라.
마지막에 감동을 주는 영화일지도 모르지.

하지만 이 영화는 자꾸만 내 인내심을 시험한다.
정말 괜찮아지기는 하는 걸까?
지금보다 더 나빠지는 건 아닐까?
끝나고 나서 괜히 봤다 싶은 생각이 드는 거 아닐까?

기다리면 결국 좋아지는 일이 있다.
참고 기다려 봤지만 더 나빠지는 일도 물론 있다.
끝은 도무지 알 수가 없다.

인생이 그렇다.
지금 내가 보고 있는 이 영화가 어떻게 끝날지 나는 모르겠다.
끝이 좋을지 나쁠지도 모르면서
나는 왜 이 영화를 계속 보고 있는 걸까?

'그래도' 하는 마음 때문일까?
나는 기대를 하고 있는 걸까?

언젠가는 무거운 시간들도 가벼워지는 날이 있겠지.
지루했던 순간들조차 그리워지는 날이 있겠지.
내가 변하든 삶이 변하든
그래서 좀 더 괜찮아지는 날이 있겠지.

어쩌면 예상외의 전개에 깜짝 놀랄 수도 있겠지.
결국 끝까지 보길 잘했다고 생각할 수도 있겠지.
괜찮은 엔딩이 될지도 모르지.

/

이루지 못한
꿈

하고 싶었던 일을 책 귀를 접듯이 잠시 접어 두었던 적이 있다.
그때 나는 내가 놓고 온 것들을 흘깃거리면서
매일 조금씩 불행해했다.

나는 내가 일하던 것들과 눈이 마주칠까 봐
그래서 다시 돌아가고 싶어질까 봐
고개를 숙이고 다녔다.

내가 떠나온 곳을 그리워했던 것은
어중간하게 실패하고 어설프게 좌절했기 때문이었다.
너무 많이 다치고 깨져서 지긋지긋했다면
포기하기가 더 쉬웠을 것이다.
하지만 나는 미련이 많이 남았고, 결국 되돌아왔다.

그게 잘한 일이었는지는 잘 모르겠다.
모든 일이 그렇듯이 좋은 시간도 있었고 힘든 시간도 있었다.
잘했다 생각한 적도 있었고 밤마다 후회한 적도 있었다.

다른 일을 했더라면 훨씬 좋았을 거라고 생각하는 나와
결국 답답해서 견디지 못했을 거라고 생각하는 내가 있다.
그렇게 오랜 시간이 지났는데도 여전히 나는 잘 모르겠다.

그래도 분명한 건, 다시 돌아오지 않았더라면
문득문득 이쪽을 흘깃거리면서 부러워했을 거라는 것이다.
'저들은 얼마나 좋을까.
저렇게 하고 싶은 일을 하면서 살고 있는데' 생각하면서.

물론 하고 싶은 일을 한다고 다 행복한 것은 아니다.
하고 싶은 일을 하기 위해서는
하기 싫은 다른 많은 일들도 해야 한다.
어떤 일이든 보이는 것과 실제는 다르다.

그래도 우리는 종종 가지 못한 길을 꿈꾸고
어딘가에 두고 온 것들을 그리워한다.
후회라는 종교를 믿는 신자들처럼.

/

쓸쓸했던
시절

유리창에 '세놓음' 종이가 붙어 있던 건
꽤 오래전부터였다.
좀처럼 세입자를 구하지 못하는 모양이었다.
하긴, 그 가게 터는 장사가 잘 안되는 쪽으로
동네에서는 꽤 유명한 곳이었다.
옷, 신발, 꽃, 건강식품, 타로 카페까지
빠르면 반년, 길면 일 년이었다.

가게가 새로 생기면 이번엔 얼마나 갈까 걱정부터 되었고
결국 떠나 버린 빈자리를 보면 마음이 쓸쓸해졌다.
아무리 노력해도 아무것도 되지 않던 시절,
세상이 나에게만 관대하지 않았던 시절을 생각나게 했다.

텅 비어 있던 가게에 사람들이 드나들고
인테리어 공사를 시작한 건 봄이 시작될 무렵이었다.

얼마 뒤, 작은 빵집이 들어섰다.
예전에는 동네에서 흔히 볼 수 있던 그런 빵집이었다.
크루아상이나 파이, 타르트, 티라미수 같은 것들이 아니라
단팥빵, 크림빵, 버터크림 케이크가 있는 그런 빵집.

착해 보이는 얼굴의 남자가 빵을 진열하고 있었고
볼이 발그레한 여자가 어린아이를 안고 그 옆에 있었다.
생각보다 꽤나 젊은 부부였다.

그 자리에 들어선 모든 가게들이 그랬듯이
빵집 역시 초반에만 손님들이 반짝 찾아왔다.

호기심 때문이겠지.
근처에는 대형 체인점 빵집이 두 곳이나 있다.
호기심이 사라지면 다들 제자리로 돌아가고 만다.

그날도 손님 대신 햇살이 텅 빈 가게를 채우고 있었다.
나는 빵집을 지나쳤다가 다시 돌아와서 가게 문을 열었다.

볼이 발그레한 여자가 수줍게 웃으며 말했다.

"하나 사면 하나 더 드려요."
그러고는 덧붙였다.
"저희 집 빵 맛있어요. 애 아빠가 정말 정성껏 만들거든요."
그 얼굴에는 자부심이 묻어났다.
나는 고개를 끄덕이며 웃었고 빵 몇 개를 담았다.

하지만 빵은 평범했다. 맛있으면 좋았을걸.
그래서 북적북적 장사가 잘되면 좋았을걸.

며칠 휴가를 보내고 돌아온 밤이었다.
그사이 빵집은 텅 비어 있었고
유리창에는 '세놓음'이란 쪽지가 붙어 있었다.
나는 조금 쓸쓸해졌다.

볼이 발그레한 아이 엄마와
착해 보이는 얼굴의 아이 아빠.
그리고 잘 웃던 아이는 어디로 간 걸까.

반딧불처럼
반짝 빛이 날지도 몰라

10대 아이가 전단지를 건네준다.
아니, 건네주려고 애를 쓰고 있다.
하지만 망설이다 자꾸 반 박자씩 늦고 만다.
수줍게 내밀었던 손은 무안해지고 얼굴은 빨개진다.

나는 아이에게 다가가서 손을 내민다.
아이는 놀라서 나를 보다가
"아!" 하고는 전단지 한 장을 건네준다.
"고맙습니다!" 몸까지 숙여 인사한다. 별것도 아닌 일에.

얼마쯤 가다 뒤돌아보니 아이는 여전히 어쩔 줄 몰라 하고 있다.
좀 더 씩씩하게 해 보면 좋을 텐데.
출근길에 일렬로 늘어선 전단지 아주머니들처럼

착착 리듬을 타면서. 안 받으면 말고 하는 마음으로 쿨하게.

예전에 나는 길에서 광고 전단지를 받지 않았다.
철저하게 실용적인 이유에서였다.
나는 광고지를 보고서 '한번 가 볼까?' 하는 사람이 아니었다.
제대로 읽어 보지도 않고 쓰레기통에 버릴 텐데
그건 낭비라고 생각했다.
받자마자 반으로 접어 버리는 나 같은 사람 대신
제대로 읽어 줄 사람,
'여기 한번 가 볼까?' 하는 사람이 받는 게 나았다.

그런 생각이 바뀐 건 어느 겨울이었다.
나는 지하철역 앞에서 누군가를 기다리고 있었다.
그때 전단지 뭉치를 들고 서 있는 한 남자를 봤다.
그는 한 번도 전단지를 돌려 본 적이 없는 것처럼
망설이고 쭈뼛거리고 자꾸 고개를 숙였다.

그를 신경 쓰는 사람들은 없었다.
사람들은 지나가느라 바빴고
전단지를 비죽 내민 손에는 눈길 한 번 주지 않았다.

평소였다면 나도 별로 신경 쓰지 않았을 것이다.
하지만 그날은 괜히 마음이 쓰였다.

그즈음 내게 힘든 일이 많았기 때문일 것이다.

그는 지금 마음이 어떨까? 무안할까? 창피할까?
나는 무엇보다 그가 무척 고독할 거라는 생각을 했다.
사람들의 물결 속에 혼자 섬처럼 서 있는 사람.
아무도 그를 보지 않고 손 내밀지 않는다.
그는 거기에 없는 사람이었다.

저 일이 난생처음인 것 같은 사람,
종이 한 장 제대로 주지 못하는 저 사람에겐
무슨 사연이 있을까.

어쩌면 실패 때문에 오래 힘들어하다가
이제 막 다시 시작해 보려는 중인지도 모른다.
이 순간을 온 힘을 다해 견디고 있을지도 모른다.
하지만 다시 한번 해 보자던 그 마음은
역시 해 봐도 소용없구나, 절망하고 있을지도 모른다.

종이 한 장 받아 주는 게 뭐 그리 힘들까.
그냥 받기만 하면 되는 건데.
그건 그동안의 나에게 하는 말이었다.
나는 그에게 다가가 손을 내밀어 전단지를 받았다.
겨우 종이 한 장이지만 얼었던 마음이 풀릴지도 몰라.

조금은 안심하게 될지도 몰라.
반딧불처럼 반짝 빛이 날지도 몰라.

기차를
놓치다

그날, 기차를 놓친 것은 시차 때문이었다.
이탈리아에서 배를 타고 그리스에 도착했을 땐
기차 출발 시간까지 두 시간이 넘게 남아 있었다.
기차역에서 시간을 보내기는 아쉬워서
일부러 작은 마을을 한 바퀴 돌아보고 돌아왔는데
그사이 내가 타야 할 기차가 떠나고 없었다.

억울한 표정으로 30분이나 빨리 떠나는 법이 어딨냐고 묻자
직원은 내 손목시계와
기차역 벽에 걸린 시계를 번갈아 가리켰다.
시간이 달랐다. 한 시간의 차이.
이탈리아와 그리스 사이에 시차가 있다는 걸 몰랐던 것이다.

다음 기차는 저녁이나 되어서야 출발한다고 했다.

이렇게 되면 일정에 차질이 생긴다.

'섬으로 들어가는 배는 어떡하지? 숙소는 어떡하고?'

머릿속이 복잡해진다.

나의 부주의를 탓하며 기차역에서 시간을 보내다가

결국 짐을 맡기고 다시 한 번 마을을 돌아보기로 한다.

작은 광장에 들어섰을 때

한 여자가 조심스럽게 말을 걸어왔다.

이름은 엘레나. 대학생. 이 마을에 산다고 했다.

아까 기차역에서 나를 봤다고,

기차를 놓쳐서 안됐다고 말해 주었다.

나는 마을에서 할 만한 일들을 물어봤지만

그녀는 "워낙 작은 곳이라서" 하고는 웃었다.

그러더니 "괜찮으면 내가 가이드를 해 줄까?" 물었다.

"나야 너무너무 좋지."

예의상 거절 같은 건 해 보지도 않는다.

안 그래도 혼자 여행하는 것에 슬슬 지쳐 가던 때였다.

그날 우린 짧은 마을 여행의 친구가 되었다.

물론 볼 것은 많지 않았지만 그런 건 중요하지 않았다.

그녀는 내가 이 마을을 떠나는 순간 곧 잊혀질 것들,

가이드북에는 올라갈 리 없는 것들,

234

누군가에겐 그리 중요하지 않을 것들을 열심히 설명했다.
"이 나무는 우리 마을에서 가장 오래된 거야.
이 집엔 내 친구가 사는데 얼마 전에 결혼을 했어.
이 가게 아이스크림이 진짜 맛있어. 좀 먹어 볼래?"

우리는 아이스크림을 사 들고 마을을 또 한 바퀴 돌았다.
그녀는 저렴하면서 양이 많고
맛도 나쁘지 않은 식당을 추천해 주었고
우리는 가장 싼 메뉴를 골라서 나눠 먹었다.

작은 마을에 나타난 동양인이 신기했는지
안 그래도 붙임성 좋은 사람들은
정신없이 한마디씩 거들었다.
올리브나 빵을 건네주는 사람도 있었다.
누군가 흥에 겨워 노래를 부르기 시작했다.

이날 마을에서의 시간은
지난 몇 주 중에서 가장 즐거운 시간이 되었다.

기차를 놓치지 않았으면
이 시간들과 이 사람들
그리고 이 풍경들을 만나지 못했을 것이다.
기차를 놓친 것이 그리 나쁜 일은 아니었다.

가만히
서 있는 삶

나는 점처럼 서 있는 사람.

앞으로 나가지도 않고 뒷걸음질 치지도 않는 사람.

도움을 바라지 않고 일부러 나서서 도움을 주지도 않는 사람.

이쪽도 저쪽도 아닌 사람.

너무 뜨겁지도 않고 너무 차갑지도 않게.

너무 가깝지도 않고 너무 멀지도 않게.

그게 피곤하지 않은 거라고 믿는 사람.

깔끔하고 합리적인 거라고 얘기하는 사람.

무엇보다 상처받을 일이 적을 거라고 생각하는 사람.

그런데 나는 언제부터 이렇게 된 걸까?

"착하게 산 것까지는 모르겠지만

다른 사람에게 피해 주지 않고 살려고 노력했어.

누군가를 눈물 나게 하면

나는 더 크게 울게 된다는 걸 알고 있거든.

남의 것을 빼앗으면 결국 내 것을 빼앗기게 된다는 것도 알아.

나는 적어도 나쁘게 살아온 것 같지는 않아.

그런데 내 삶은 왜 별로 좋아지지가 않지?"

나의 말에 너는 말했다.

"너는 피해를 주지도 않지만 딱히 도움을 주지도 않지.

그건 가만히 서 있는 삶이야.

뒤로 물러나지도 않지만 앞으로 나아가지도 않아.

그냥 제자리에 머물러 있을 뿐이지.

아무것도 하지 않으면서

아무 일도 일어나지 않는다고 불평하지는 마.

좋은 일을 해 봐. 좋은 쪽으로 움직일 수 있게.

물론 세상일이 준 대로 돌려받는 건 아니니까

좋은 일을 해도 나쁜 일은 생길 수 있어.

그래도 가만히 서서는 아무것도 바뀌지 않아."

나는 언제부터 가만히 서 있게 된 걸까?

아무리 해 봐도 소용없다는 걸 알게 되면서일까.

"그건 원래 그래"라는 말을 너무 많이 들어서일까.

자꾸 손해만 본다는 생각이 들어서일까.

결국 돌아오는 건 상처뿐이라는 걸 깨닫게 되면서일까.

오래전의 나는 달랐다.

세상일들에 관심이 많았고

관심을 두는 만큼 좋은 쪽으로 달라질 거라고 믿었다.

그때 나는 무엇을 본 걸까.

좋은 것들을 본 걸까. 희망을 본 걸까.

지금 나는 무엇을 보고 있을까.

피해 주지 않는 삶, 그 정도만 돼도 나쁘지 않다.

괜찮다고 말할 수도 있겠다.

하지만 누군가는 거기서 한 걸음 더 나아간다.

세상은 그렇게 한 걸음 앞으로 다가가는 사람들 때문에 달라진다.

가만히 서 있으면 아무것도 달라지지 않는다.

혼자일 때도 괜찮은 사람

2019년 10월 04일 초판 01쇄 발행
2022년 11월 22일 초판 11쇄 발행
—

글 권미선
—

발행인 이규상　**편집인** 임현숙
편집팀장 김은영　**편집팀** 문지연 이은영 강정민 정윤정 고은솔
디자인팀 최희민 권지혜 두형주　**마케팅팀** 이성수 김별 강소희 이채영 김희진
경영관리팀 강현덕 김하나 이순복
—

펴낸곳 (주)백도씨
출판등록 제2012-000170호(2007년 6월 22일)
주소 03044 서울시 종로구 효자로7길 23, 3층(통의동 7-33)
전화 02 3443 0311(편집) 02 3012 0117(마케팅)　**팩스** 02 3012 3010
이메일 book@100doci.com(편집원고 투고)　valva@100doci.com(유통·사업 제휴)
블로그 blog.naver.com/h_bird　**인스타그램** @100doci
—

ISBN 978-89-6833-230-2　03810
©권미선, 2019, Printed in Korea

허밍버드는 ㈜백도씨의 출판 브랜드입니다.
"이 책은 저작권법에 따라 보호받는 저작물이므로 무단 전재와 무단 복제를 금지하며,
이 책 내용의 전부 또는 일부를 이용하려면 반드시 저작권자와 ㈜백도씨의 서면 동의
를 받아야 합니다."

* 파본이나 잘못된 책은 구입하신 곳에서 바꿔드립니다.